朱光潜先生的话

关于人生：在生活中寻出趣味

做学问，做事业，在人生中都只能算是第二桩事，人生第一桩事是生活。

"觉得有趣味"就是欣赏。你是否知道生活，就看你对于许多事物能否欣赏。欣赏也就是"无所为而为的玩索"。

假如把自己看得伟大，你对于烦恼，当有"不屑"的看待；假如把自己看得渺小，你对于烦恼当有"不值得"看待。我劝你多打网球，多弹钢琴，多栽花木，多搬砖弄瓦。假如你不喜欢这些玩意儿，你就谈谈笑笑，跑跑跳跳，也是好的。

人的最聪明的办法是与自然合拍，如草木在和风丽日中开着花叶，在严霜中枯谢，如流水行云自在运行无碍，如"鱼相与忘于江湖"。

人生本来要有悲剧才能算人生，你偏想把它一笔勾销，不说你勾销不去，就是勾销去了，人生反更索然寡趣。所以我无论站在前台或站在后台看人生，以于失败，对于罪孽，对于殃咎，都是一副冷眼看待，都是用一个热心惊赞。

人生乐趣一半得之于活动，一半得之于感受。眼见颜色，耳闻声音，是感受，见颜色而知其美，闻声音而知其和，也是感受。

世界上最快活的人不仅是最活动的人，也是最能领略的人。所谓领略，就是能在生活中寻出趣味。好比喝茶，渴汉只管满口吞咽，会喝茶的人却一口一口的细啜，能领略其中风味。

我们每当愁苦无聊时，费一点功夫来欣赏艺术作品或自然风景，满腹的牢骚就马上烟消云散了。

俗人迷于名利，与世浮沉，心里没有"天光云影"。就是因为没有源头活水。他们的大病是生命的干枯。

"此时，此地，此身。""此时我能做的事，绝不推诿到下一时刻；此地我能做的事，绝不想着换另外一个境地再做；此身我能做的事，绝不妄想于他人来替代。"

人要有出世的精神才可以做入世的事业。

人生第一乐趣是朋友的契合。

懂得处友，就懂得处人；懂得处人，就懂得做人。一个人在处友方面如果有亏缺，他的生活不但不能是快乐的，而且也决不能是善的。

人投生在这个世界里如入珠宝市，有任意采取的自由，但是货色无穷，担负的力量不过百斤。有人挑去瓦砾，有人挑去钢铁，也有人挑去珠玉，这就看他们的价值意识如何。

卢梭在他的教育名著《爱弥儿》里有一段很透辟的话，大意是说人生幸福起于愿望与能力的平衡。一个人应该从幼时就学会在自己能力范围以内起愿望，想做自己所能做的事，也能做自己所想做的事。

环境永远不会美满的，万一它生来就美满，人的成就也就无甚价值。人所以可贵，就在他不像猪豚被饲而肥，他能够不安于污浊的环境，拿力量来改变它、征服它。

能够恨人极点的人和能够爱人极点的人都不是庸人。

就实际生活方面说，世间最深切的莫如男女爱情。

关于美：一切美都有不令人俗的功效

美育必须从年轻时就下手，年纪愈大，外务愈纷繁，习惯的牢笼愈坚固，感觉愈迟钝，心里愈复杂，欣赏艺术力也就愈薄弱。

我时常想，无论学哪一科专门学问，干哪一行职业，每个人都应该会听音乐，不断地读文学作品，偶尔有欣赏图画雕刻的机会。

许多人嫌生活干燥，烦闷无聊，原因就在缺乏美感修养，见不着人生世相的新鲜有趣。

求知、想好、爱美，三者都是人类天性；人生来就有真善美的需要，真善美具备，人生才完美。

心灵开始玩索一朵花，一个美人，一种美德，一门学问，一种社会文物制度的殊相的美，逐渐发现万事万物共相的美。

我坚信美的重要，坚信情感比理智重要，要洗刷人心，一定要从"怡情养性"做起，一定要于饱食暖衣、高官厚禄等等之外，别有较高尚、较纯洁的企求。要求人心净化，先要求人生美化。

在这个叫嚣扰攘的世界里，我们所需要的不是一盆八宝饭，而是一帖清凉散。

人都知道文艺是"怡情养性"的。这"怡养"两字却不容易做到，在这纷纭扰攘的世界中，我们大部分时间和精力都费在解决实际生活问题，奔波劳碌，很机械地随着疾行车流转，一日之中能有几许时刻回想到自己有性情？

美术作品之所以美，就美在它能够给我们很好的理想境界。所以我们可以说，美术作品的价值高低就看它超脱现实的程度大小，就看它所创造的理想世界是阔大还是窄狭。

现在如果要提高文学，必先提高文学欣赏力，必先在诗词方面特别下功夫，把鉴赏无言之美的能力养得很敏捷。因此我很希望文学创作者在诗词方面多努力，而学校国文课程中诗歌应该占一个重要的位置。

关于心界：空灵

你的心界愈空灵，你也愈不觉得物界喧嘈。

你如果不盲目，看得见世界的博大，也看得见世界的精微。

冷静超脱的人能静观，便能处处发现生机，吸收生机，觉得人生有无穷乐趣。

我生平最爱陶渊明在自祭文里所说的两句话：勤靡余劳，心有常闲。动中有静，常保存自我主宰。这是修养的极境。

现代人的毛病是勤有余劳，心无偶闲。这毛病不仅使生活索然寡味，身心俱惫，于事劳而无功，而且使人心地驳杂，缺乏冲和弘毅的气象，日日困于名缰利锁，叫整个世界日趋于干枯黑暗。

人要把心磨成一片大圆镜，光明普照，而自身却无动无作。

有时候我把自己看作是草木虫鱼的侪辈，草木虫鱼在和风甘露中是那样活着，在严暑寒冬中也还是那样活着。……都顺着自然所赋予的那一副本性。

成人们往往嗤不郑重的事为儿戏，其实成人自己很少像儿童在游戏时那么郑重，那么专心，那么认真。

我欢喜一切生物和无生物尽量地维持它们的本来面目，我欢喜自然的粗率和芜乱。

这个世界之所以美满，就在于有缺陷，就在于有希望的机会，有想象的田地。换句话说，世界有缺陷，可能性才大。

我们处世有两种态度。人力所能做到的时候，我们竭力征服现实；人力莫可如何的时候，我们就要暂时超脱现实，储蓄精力，待将来再向他方面征服现实。

过一世生活好比作一篇文章，文章求惬心贵当，生活也需求惬心贵当。

我们的眼界逐渐放大，人生世相才越显得丰富华严。

在这个世界里的人们，无论他们的生活是复杂或简单，关于谁你能够说，"我真正明白他的底细"呢？

要趁生命最丰富的时候死，过了那良辰美景，死在一个平凡枯燥的场合里，那就死得不值得。甚至于死本身，像鸟歌花香一样，也可成为生命中一种奢侈的享受。

生命的执着属于佛家所谓"我执"，人生一切灾祸罪孽都由此起。

我们的"根本感"像佛家所说的，是"无明"。我们在这世界里大半是"盲人骑瞎马"，横冲直撞，怎能不闯祸事！所以说来说去，人生最要紧的事是"明"，是"觉"，是佛家所说"大圆镜智"。

法国人说"了解一切，就是宽恕一切"，我们可以补上一句"了解一切，就是解决一切"。

生命对于我们还有问题，就因为我们对它还没有了解。既没有了解生命，我们凭什么对付生命呢？

目录

世间一切
是生活

生活的目的，就在"尽性"

忙中有静趣

趣味可以修养

一个生气勃勃的人必有多方面的兴趣

人须有生趣才能有生机

身的修养：没有身就没有心

愁闷的时候就出去逛逛

我欢喜自然的粗率和芜乱

无人不道看花回

生活的目的，就在"尽性"

谈动

假如把自己看得伟大，你对于烦恼，当有"不屑"的看待；假如把自己看得渺小，你对于烦恼当有"不值得"的看待；我劝你多打网球，多弹钢琴，多栽花木，多搬砖弄瓦。假如你不喜欢这些玩艺儿，你就谈谈笑笑，跑跑跳跳，也是好的。

从屡次来信看，你的心境近来似乎很不宁静。烦恼究竟是一种暮气，是一种病态，你还是一个十八九岁的青年，就这样颓唐沮丧，我实在替你担忧。

一般人欢喜谈玄。你说烦恼，他便从"哲学辞典"里拖出"厌世主义悲观哲学"等等堂哉皇哉的字样来叙你的病由。我不知道你感觉如何？我自己从前仿佛也尝过烦恼的况味，我只觉得忧来无方，不但人莫知之，连我自己也莫名其妙，哪里有所谓哲学与人生观！我也些微领过哲学家的教训：在心气和平时，我景仰希腊廊下派哲学者，相信人生当皈依自然，不当存有嗔喜贪恋；我景仰托尔斯泰，相信人生之美在有与爱；我景仰布朗宁，相信世间有丑才能有美，不完全乃真完全；然而外感偶来，心波立涌，拿天大的哲学，也抵挡不住。这固然是由于缺乏修养，但是青年们有几个修养到"不动心"的地步呢？从前长辈们往往拿"应该不应该"的大道理向我说法。他们说，像我这样一个青年应该活泼泼的，不应该暮气沉沉的，应该努力做学问，不应该把自己的忧乐放在心头。谢谢吧，请留着这副"应该"的方剂，将来患烦恼的人还多呢！

朋友，我们都不过是自然的奴隶，要征服自然，只得服从自然。违反自然，烦恼才乘虚而入，要排解烦闷，也须得使你的自然冲动有机会发泄。人生来好动，好发展，好创造。能动，能发展，能创造，便是顺从自然，便能享受快乐；不动，不发展，不创造，便是摧残生机，便不免感觉烦恼。这种事实在流行语中就可以见出，我们感觉快乐时说"舒畅"，感觉不快乐时说"抑郁"。这两个字样可以用作形容词，也可以用作动词。用作形容词时，它们描写快或不快的状态；用作动词时，我们可以说它们说明快或不快的原因。你感觉烦恼，因为你的生机被抑郁；你要想快乐，须得使你的生机能舒畅，能宣泄。流行语中又有"闲愁"的字样，闲人大半易于发愁，就因为闲时生机静止而不舒畅。青年人比老年人易于发愁些，因为青年人的生机比较强旺。小孩子们的生机也很强旺，然而不知道愁苦，因为他们时时刻刻的游戏，所以他们的生机不至于被抑郁。小孩子们偶尔不很乐意，便放声大哭，哭过了气就消去。成人们感觉烦恼时也还要拘礼节，哪能由你放声大哭呢？黄连苦在心头，所以愈觉其苦。歌德少时因失恋而想自杀，幸而他的文机动了，埋头两礼拜著成一部《少年维特之烦恼》，书成了，他的气也泄了，自杀的念头也打消了。你发愁时并不一定要著书，你就读几篇哀歌，听一幕悲剧，借酒浇愁，也可以大畅胸怀。从前我很疑惑何以剧情愈悲而读之愈觉其快意，近来才悟得这个泄与郁的道理。

总之，愁生于郁，解愁的方法在泄；郁由于静止，求泄的方法在动。从前儒家讲心性的话，从近代心理学眼光看，都很粗疏，只有孟子的"尽性"一个主张，含义非常深广。一切道德学说都不免肤浅，如果不从"尽性"的基点出发。如果把"尽性"两字懂得透彻，我以为生活目的在此，生活方法也就在此。人性固然是复杂的，可是人是动物，基本性不外乎动。从动的中间我们可以寻出无限快感。这个道理我可以拿两种小事来印证：从前我住在家里，自己的书房总欢喜自己打扫。每看到书籍零乱，灰尘满地，你亲自去洒扫一过，霎时间混浊的世界变成明窗净几，此时悠然就座，游目骋怀，乃觉有不可言喻的快慰。再比方你自己是欢喜打网球的，当你起劲打球时，你还记得天地间有所谓烦恼么？

你大约记得晋人陶侃的故事。他老来罢官闲居，找不得事做，便去搬砖。晨间把一百块砖由斋里搬到斋外，暮间把一百块砖由斋外搬到斋里。人问其故，他说："吾方致力中原，过尔优逸，恐不堪事。"他又尝对人说："大禹圣人，乃惜寸阴，至于众人，当惜分阴。"其实惜阴何必定要搬砖，不过他老先生还很茁壮，借这个玩艺儿多活动活动，免得抑郁无聊罢了。

朋友，闲愁最苦！愁来愁去，人生还是那么样一个人生，世界也还是那么样一个世界。假如把自己看得伟大，你对于烦恼，当有"不屑"的看待；假如把自己看得渺小，你对于烦恼当有"不值得"的看待。我劝你多打网球，多弹钢琴，多栽花木，多搬砖弄瓦。假如你不喜欢这些玩艺儿，你就谈谈笑笑，跑跑跳跳，也是好的。就在此祝你

谈谈笑笑，

跑跑跳跳！

忙中有静趣

谈静

许多闲人不必都能领略静中趣味，而能领略静中趣味的人，也不必定要闲。在百忙中，在尘市喧嚷中，你偶然丢开一切，悠然遐想，你心中便蓦然似有一道灵光闪烁，无穷妙悟便源源而来。这就是忙中静趣。

前信谈动，只说出一面真理。人生乐趣一半得之于活动，也还有一半得之于感受。所谓"感受"是被动的，是容许自然界事物感动我的感官和心灵。这两个字涵义极广。眼见颜色，耳闻声音，是感受；见颜色而知其美，闻声音而知其和，也是感受。同一美颜，同一和声，而各个人所见到的美与和的程度又随天资境遇而不同。比方路边有一棵苍松，你看见它只觉得可以砍来造船；我见到它可以让人纳凉；旁人也许说它很宜于入画，或者说它是高风亮节的象征。再比方街上有一个乞丐，我只能见到他的蓬头垢面，觉得他很讨厌；你见他便发慈悲心，给他一个铜子；旁人见到他也许立刻发下宏愿，要打翻社会制度。这几个人反应不同，都由于感受力有强有弱。

世间天才之所以为天才，固然由于具有伟大的创造力，而他的感受力也分外比一般人强烈。比方诗人和美术家，你见不到的东西他能见到，你闻不到的东西他能闻到。麻木不仁的人就不然，你就请伯牙向他弹琴，他也只联想到棉匠弹棉花。感受也可以说是"领略"，不过领略只是感受的一方面。世界上最快活的人不仅是最活动的人，也是最能领略的人。所谓领略，就是能在生活中寻出趣味。好比喝茶，渴汉只管满口吞咽，会喝茶的人却一口一口地细啜，能领略其中风味。

能处处领略到趣味的人决不至于岑寂，也决不至于烦闷。朱子有一首诗说："半亩方塘一鉴开，天光云影共徘徊，问渠那得清如许？为有源头活水来。"这是一种绝美的境界。你姑且闭目一思索，把这幅图画印在脑里，然后假想这半亩方塘便是你自己的心，你看这首诗比拟人生苦乐多么恰当！一般人的生活干燥，只是因为他们的"半亩方塘"中没有天光云影，没有源头活水来，这源头活水便是领略的趣味。

领略趣味的能力固然一半由于天资，一半也由于修养。大约静中比较容易见出趣味。物理上有一条定律说：两物不能同时并存于同一空间。这个定律在心理方面也可以说得通。一般人不能感受趣味，大半因为心地太忙，不空所以不灵。我所谓"静"，便是指心界的空灵，不是指物界的沉寂，物界永远不沉寂的。你的心境愈空灵，你愈不觉得物界沉寂，或者我还可以进一步说，你的心界愈空灵，你也愈不觉得物界喧嘈。所以习静并不必定要进空谷，也不必定学佛家静坐参禅。静与闲也不同。许多闲人不必都能领略静中趣味，而能领略静中趣味的人，也不必定要闲。在百忙中，在尘世喧嚷中，你偶然丢开一切，悠然遐想，你心中便蓦然似有一道灵光闪烁，无穷妙悟便源源而来。这就是忙中静趣。

我这番话都是替两句人人知道的诗下注脚。这两句诗就是"万物静观皆自得，四时佳兴与人同"。大约诗人的领略力比一般人都要大。近来看周启孟的《雨天的书》引日本人小林一茶的一首俳句：

"不要打哪，苍蝇搓他的手，搓他的脚呢。"觉得这种情境真是幽美。你懂得这一句诗就懂得我所谓静趣。中国诗人到这种境界的也很多。现在姑且就把一时所想到的写几句给你看：

鱼戏莲叶东，鱼戏莲叶西，鱼戏莲叶南，鱼戏莲叶北。

——古诗，作者姓名佚。

山涤余霭，宇暧微霄。有风自南，翼彼新苗。

——陶渊明《时运》。

采菊东篱下，悠然见南山。山气日夕佳，飞鸟相与还。

——陶渊明《饮酒》。

目送飘鸿，手挥五弦。俯仰自得，游心太玄。

——嵇叔夜《送秀才从军》。

倚杖柴门外，临风听暮蝉。渡头余落日，墟里上孤烟。

——王摩诘《赠裴迪》。

像这一类描写静趣的诗，唐人五言绝句中最多。你只要仔细玩味，你便可以见到这个宇宙又有一种景象，为你平时所未见到的。梁任公的《饮冰室文集》里有一篇谈"烟士披里纯"，詹姆斯的《与教员学生谈话》（James, *Talks To Teachers and Students*）里面有三篇谈人生观，关于静趣都说得很透辟。可惜此时这两部书都不在手边，不能录几段出来给你看。你最好自己到图书馆里去查阅。詹姆斯的《与教员学生谈话》那三篇文章（最后三篇）尤其值得一读，记得我从前读这三篇文章，很受他感动。

静的修养不仅是可以使你领略趣味，对于求学处事都有极大帮助。释迦牟尼在菩提树阴静坐而证道的故事，你是知道的。古今许多伟大人物常能在仓皇扰乱中雍容应付事变，丝毫不觉张皇，就因为能镇静。现代生活忙碌，而青年人又多浮躁。你站在这潮流里，自然也难免跟着旁人乱嚷。不过忙里偶然偷闲，闹中偶然觅静，于身于心，都有极大裨益。你多在静中领略些趣味，不特你自己受用，就是你的朋友们看着你也快慰些。我生平不怕呆人，也不怕聪明过度的人，只是对着没有趣味的人，要勉强同他说应酬话，真是觉得苦也。你对着有趣味的人，你并不必多谈话，只是默然相对，心领神会，便可觉得朋友中间的无上至乐。你有时大概也发生同样感想吧？

眠食诸希珍重！

趣味可以修养

谈趣味

趣味无可争辩，但是可以修养。

拉丁文中有一句陈语："谈到趣味无争辩。""文章千古事，得失寸心知。"不但作者对于自己的作品是如此，就是读者对于作者恐怕也没有旁的说法。如果一个人相信地球是方的或是泰山比一切的山都高，你可以和他争辩，可以用很精确的论证去说服他，但是如果他说《花月痕》比《浮生六记》高明，或是两汉以后无文章，你心里尽管不以他为然，口里最好不说，说也无从说起；遇到"自家人"，彼此相看一眼，心领神会就行了。

这番话显然带着一些印象派批评家的牙慧。事实上我们天天谈文学，在批评谁的作品好，谁的作品坏，文学上自然也有是非好丑，你欢喜坏的作品而不欢喜好的作品，这就显得你的趣味低下，还有什么话可说？这话谁也承认，但是难问题不在此，难问题在你以为丑他以为美，或者你以为美而他以为丑时，你如何能使他相信你而不相信他自己呢？或者进一步说，你如何能相信你自己一定是对呢？你说文艺上自然有一个好丑的标准，这个标准又如何可以定出来呢？从前文学批评家们有些人以为要取决于多数，以为经过长久时间淘汰而仍巍然独存，为多数人所欣赏的作品总是好的。相信这话的人太多，我不敢公开地怀疑，但是在我们至好的朋友中，我不妨说句良心话：我们至多能活到一百岁，到什么时候才能知道Marcel Proust或D.H.Lawrence值不值得读一读呢？从前批评家们也有人，例如阿诺德，以为最稳当的办法是拿古典名著做"试金石"，遇到新作品时，把它拿来在这块"试金石"上面擦一擦，硬度如果相仿佛，它一定是好的；如果擦了要脱皮，你就不用去理会它。但是这种办法究竟是把问题推远而并没有解决它，文学作品究竟不是石头，两篇相擦时，谁看见哪一篇"脱皮"呢？

"天下之口有同嗜"，——但是也有例外。文学批评之难就难在此。如果依正统派，我们便要抹杀例外；如果依印象派，我们便要抹杀"天下之口有同嗜"。关于文学的嗜好，"例外"也并不可一笔勾销。在Keats未死以前，嗜好他的诗的人是例外，在印象主义闹得很轰烈时，真正嗜好Malarmé的诗人还是例外，我相信现在真正欢喜T.S.Eliot的人恐怕也得列在例外。这些"例外"的人常自居élite之列，而实际上他们也往往真是élite。所谓"经过长久时间淘汰而仍巍然独存的"作品往往是先由这班"例外"的先生们捧出来的。

在正统派看，"天下之口有同嗜"一个公式之不可抹杀当更甚于"例外"之不可抹杀。他们总得喊要"标准"，喊要"普遍性"。他们自然也有正当道理。反正这场官司打不清，各个时代都有喊要标准的人，同时也都有信任主观嗜好的人。他们各有各的功劳，大家用不着彼此瞧不起彼此。

文艺不一定只有一条路可走。东边的景致只有面朝东走的人可以看见，西边的景致也只有面朝西走的人可以看见。向东走者听到向西走者称赞西边景致时觉其夸张，同时怜惜他没有看到东边景致美。向西走者看待向东走者也是如此。这都是常有的事，我们不必大惊小怪。理想的游览风景者是向东边走过之后能再回头向西走一走，把东西两边的风味都领略到。这种人才配估定东西两边的优劣。也许他以为日落的景致和日出的景致各有胜境，根本不同，用不着去强分优劣。

一个人不能同时走两条路，出发时只有一条路可走。从事文艺的人入手不能不偏，不能不依傍门户，不能不先培养一种偏狭的趣味。初喝酒的人对于白酒红酒种种酒都同样地爱喝，他一定不识酒味。到了识酒味时他的嗜好一定偏狭，非是某一家某一年的酒不能使他喝得畅快。学文艺也是如此，没有尝过某一种clique的训练和滋味的人总不免有些江湖气。我不知道会喝酒的人是否可以从非某一家某一年的酒不喝，进到只要是好酒都可以识出味道；但是我相信学文艺者应该能从非某家某派诗不读，做到只要是好诗都可以领略到滋味的地步。这就是说，学文艺的人入手虽不能不偏，后来却要能不偏，能凭空俯视一切门户派别，看出偏的弊病。

文学本来一国有一国的特殊的趣味，一时有一时的特殊的风尚。就西方诗说，拉丁民族的诗有为日耳曼民族所不能欣赏的境界，日耳曼民族的诗也有为非拉丁民族所能欣赏的境界。寝馈于古典派作品既久者对于浪漫派作品往往格格不入；寝馈于象征派既久者亦觉其他作品都索然无味。中国诗的风尚也是随时代变迁。汉魏六朝唐宋各有各的派别，各有各的信徒。明人尊唐，清人尊宋，好高古者祖汉魏，喜妍艳者推重六朝和西昆。门户之见也往往很严。

但是门户之见可以范围初学而不足以羁縻大雅。读诗较广泛者常觉得自己的趣味时时在变迁中，久而久之，有如江湖游客，寻幽览胜，风雨晦明，川原海岳，各有妙境，吾人正不必以此所长，量彼所短，各派都有长短，取长弃短，才无偏蔽。古今的优劣实在不易下定评，古有古的趣味，今也有今的趣味。后人做不到"蒹葭苍苍"和"涉江采芙蓉"诸诗的境界，古人也做不到

"空梁落燕泥"和"山山尽落晖"诸诗的境界。浑朴精妍原来是两种不同的趣味，我们不必强其同。

文艺上一时的风尚向来是靠不住的。在法国十七世纪新古典主义盛行时，十六世纪的诗被人指摘，体无完肤，到浪漫时代大家又觉得"七星派诗人"亦自有独到境界。在英国浪漫主义盛行时，学者都鄙视十七、十八世纪的诗；现在浪漫的潮流平息了，大家又觉得从前被人鄙视的作品，亦自有不可磨灭处。个人的趣味演进亦往往如此。涉猎愈广博，偏见愈减少，趣味亦愈纯正。从浪漫派脱胎者到能见出古典派的妙处时，专在唐宋做工夫者到能欣赏六朝人作品时，笃好苏辛词者到能领略温李的情韵时，才算打通了诗的一关。好浪漫派而止于浪漫派者，或是好苏辛而止于苏辛者，终不免坐井观天，诬大涉小。

趣味无可争辩，但是可以修养。文艺批评不可抹视主观的私人的趣味，但是始终拘执一家之言者的趣味不足为凭。文艺自有是非标准，但是这个标准不是古典，不是"耐久"和"普及"，而是从极偏走到极不偏，能凭空俯视一切门户派别者的趣味；换句话说，文艺标准是修养出来的纯正的趣味。

一个生气勃勃的人必有多方面的兴趣

谈消遣

　　我们都不愿意生活中有空隙，都愿常有事物"占领"着身心，没有事做时须找事做，不愿做事时也不甘心闲着，必须找一点玩意儿来消遣，否则便觉得厌闷苦恼。闲惯了，闷惯了，人就变干枯无生气。

　　身和心的活动都有有节奏的周期，这周期的长短随各人的体质和物质环境而有差异。在周期限度之内，工作有它的效果，也有它的快慰。过了周期限度，工作就必产生疲劳，不但没有效果，而且成为苦痛。到了疲劳，就必定有休息，才能恢复工作的效果。这道理极浅，无用深谈。休息的方式甚多，最理想而亦最普遍的是睡眠。在睡眠中生理的功能可以循极自然的节奏进行，各种筋肉虽仍在活动，却不需要紧张的注意力，也没有工作情境需要所加的压迫，它的动作是自由的、自然的、不费力的、倾向弛懈的。一个人如果每天在工作疲劳之后能得到充分时间的熟睡，比任何养生家的秘诀都灵验。午睡尤其有效。午睡醒了，午后又变成了清晨，一日之中就有两度的朝气。西方有些中小学里，时间表内有午睡的规定，那是很合理的。我国的理学家和各派宗教家于睡眠之外练习静坐。静坐可以使心境空灵，生理功能得到人为的调节，功用有时比睡眠更大。但是初习静坐需要注意力的控制，有几分不自然，不易成为恒久的习惯，而且在近代生活状况之下，静坐的条件不易具备，所以它不能很普遍。

睡眠与静坐都不能算是完全的休息，因为许多生理的功能照旧在进行。严格地说，生物在未死以前决不能有完全的休息。有生气就必有活动，"活"与"动"是不可分的。劳而不息固然是苦，息而不劳尤其是苦。生机需要修养，也需要发泄。生机旺而不泄，像春天的草木萌发被砖石压着，或是把压力推开，冲吐出来，或是变成拳曲黄瘦，失去自然的形态。心理学家已经很明白地指示出来：许多心理的毛病都起于生机不得正当的发泄。从一般生物的生活看，精力的发泄往往同时就是精力的蓄养。人当少壮时期，精力最弥满，需要发泄也就愈强烈，愈发泄，精力也就愈充足。一个生气蓬勃的人必定有多方的兴趣，在每方面的活动都比常人活跃，一个人到了可以索然枯坐而不感觉不安时，他必定是一个行将就木的病夫或老者。如果他们在健康状态中，需要活动而不得活动，他必定感到愁苦抑郁。人生最苦的事是疾病幽囚，因为在疾病幽囚中，他或是失去了精力，或是失去了发泄精力的自由。

精力的发泄有两种途径：一是正当工作，一是普通所谓消遣，包含各种游戏运动和娱乐在内。我们不能全副精力去工作，因为同样的注意方向和同样的筋肉动作维持到相当的限度，必定产生疲劳，如上所述。人的身心构造是依据分工合作原理的。对于各种工作我们都有相当的一套机器，一种才能和一副精力。比如说，要看有眼，要听有耳，要走有脚，要思想有头脑。我们运用眼的时候，耳可以休息，运用脑的时候，脚可以休息。所以在专用眼之后改着去用耳，或是在专用脑之后改着去用脚，我们虽然仍旧在活动，所用以活动的只是耳或脚，眼或脑就可以得到休息了。这种让一部分精力休息而另一部分精力活动的办法在西文中叫做diversion，可惜在中文里没有恰当的译名。这也足见我们没有注意到它的重要。它的意义是"转向"，工作方面的"换口味"，精力的侧出旁击。我们已经说过，生物不能有完全的休息，普通所谓休息，除睡眠以外，大半是diversion，这种"换口味"的办法对于停止的活动是精力的蓄养，对于正在进行的另一活动是精力的发泄。它好比打仗，一部分兵力上前线，另一部分兵力留在后面预备补充。全体的兵力都上了前线，难乎为继；全体的兵力都在后方按兵不动，过久也会疲老无用，仗自然更打不起来。更番瓜代仍是精力的最经济最合理的支配，无论是在军事方面或是在普通生活方面。

更番瓜代有种种方式。普通读书人用脑的机会比较多，最好常在用脑之后作一番筋肉活动，如散步、打球、栽花、做手工之类，一方面可以使脑得到休息而消除疲劳，一方面也可以破除同一工作的单调，不致发生厌闷。卢梭谈教育，主张学生多习手工，这不但因为手工有它的特殊的教育功效，也因为用手对于用脑是一种调节。大哲学家斯宾诺莎于研究哲学之外，操磨镜的职业，这固然是为着生活，实在也很合理，因为两种性质相差很远的工作互相更换，互为上文所说的diversion，对于心身都有好影响。就生活理想说，劳心与劳力应该具备于一身，劳力的人绝对不劳心固然变成机械，劳心的人绝对不劳力也难免文弱干枯。现在劳心与劳力成为两种相对峙的阶级，这固然是历史与社会环境所造成的事实，但是我们应该不要忘记它并不甚合理。在可能范围之内，我们应该求心与力的活动能调节适中。我个人很羡慕中世纪欧洲僧院的生活，他们一方面诵经抄书画画而且做很精深的哲学研究，一方面种地砍柴酿酒织布。我尝想到我们的学校在这个经济凋敝之际为什么不想一个自给自足的办法，有系统有计划地采行半工半读制？这不仅是从经济着眼，就从教育着眼，这也是一种当务之急。大部分学生来自田间，将来纵不全数回到田间，也要走进工厂或公务机关；如果在学校里只养成少爷小姐的心习，全不懂民生疾苦，他们绝难担负现时代的艰巨责任。当然，本文所说的劳心与劳力的调剂也是一个重要的理由。

　　不同性质的工作更番瓜代，固可以收到调剂和休息的效用，可是一个人不能时时刻刻都在工作，事实上没有这种需要，而且劳苦过度，工作也变成一种苦事，不能有很大的效率。我们有时须完全放弃工作，做一点无所为而为的活动，享受一点自由人的幸福。工作都有所为而为，带有实用目的；无所为而为，不带实用目的的活动，都可以算作消遣。我们说"消遣"，意谓"混去时光"，含义实在不很好；西方人说"转向"（diversion），意谓"把精力朝另一方面去用"，它和工作同称为occupation，比较可以见出消遣的用处。所谓occupation无恰当中文译词，似包含"占领"和"寄托"二义。在工作和消遣时，都有一件事物"占领"着我们的身心，而我们的身心也就"寄托"在那一件事物里面。身心寄托在那里，精力也就发泄在那里。拉丁文有一句成语说："自然厌恶空虚"，这句话近代科学仍奉为至理名言。在物理方面，真空固不易维持，一有空隙，就有物来占领；在心理方面，真空虽是一部分宗教家（如禅宗）的理想，在实际上也是反乎自然而为自然所厌恶。我们都不愿意生活中有空隙，都愿常有事物"占领"着身心，没有事做时须找事做，不愿做事时也不甘心闲着，必须找一点玩意儿来消遣，否则便觉得厌闷苦恼。闲惯了，闷惯了，人就变干枯无生气。

　　消遣就是娱乐，无可消遣当然就是苦闷。世间欢喜消遣的人，无论他们的嗜好如何不同，都有一个共同点，就是他们必都有强旺的生活力，运动家和艺术家如此，嫖客赌徒乃至于烟鬼也是如此。他们的生活力强旺，发泄的需要也就跟着急迫。他们所不同者只在发泄的方式。这有如大水，可以灌田、发电或推动机器，也可以泛滥横流，淹毙人畜草木。同是强旺的生活力，用在运动可以健身，用在艺术可以怡情养性，用在吃喝嫖赌就可以劳命伤财，为非作歹。"浪子回头是个宝"，也就是这个道理。所以消遣看来虽似末节，却与民族性格国家风纪都有密切关系。一个民族兴盛时有一种消遣方式，颓废时又有另一种消遣方式。古希腊罗马在强盛时，人民都欢喜运动、看戏、参加集会，到颓废时才有些骄奢淫逸的玩意儿如玩娈童看人兽斗之类。近代条顿民族多欢喜户外运动，而拉丁民族则多消磨时光于咖啡馆与跳舞厅。我国古代民族娱乐花样本极多，如音乐、跳舞、驰马、试剑、打猎、钓鱼、斗鸡、走狗等都含有艺术意味或运动意味。后来士大夫阶级偏嗜琴棋书画，虽仍高雅，已微嫌侧重艺术，带有几分"颓废"色彩。近来"民族形式"的消遣似只有打麻将、坐茶馆、吃馆子、逛窑子几种。对于这些玩意儿不感兴趣的人们除着做苦工之外，就只有索然枯坐，不能在生活中领略到一点乐趣。我经过几个大学和中学，看到大部分教员和学生终年没有一点消遣，大家都喊着苦闷，可是大家都不肯出点力把生活略加改善，提倡一些高级趣味的娱乐来排遣闲散时光。从消遣一点看，我们可以窥见民族生命力的低降。这是一个很危险的现象。它的原因在一般人不明了消遣的功用，把它太看轻了。

其实这事并不能看轻。柏拉图设计理想国的政治，主张消遣娱乐都由国法规定。儒家标六艺之教，其中礼、乐、射、御四项都带有消遣娱乐意味，只书、数两项才是工作。孔子谈修养，"居于仁"之后即继以"游于艺"，这足见中西哲人都把消遣娱乐看得很重，梁任公先生有一文讲演消遣，可惜原文不在手边，记得大意是反对消遣浪费时光。他大概有见于近来我国一般消遣方式趣味太低级。但我们不能因噎废食，精力必须发泄，不发泄于有益身心的运动和艺术，便须发泄于有害身心的打牌、抽烟、喝酒、逛窑子。我们要禁绝有害身心的消遣方式，必须先提倡有益身心的消遣方式。比如水势须决堤泛滥，你不愿它决诸东方，就必须让它决诸西方，这是有心政治与教育的人们所应趁早注意设法的。要复兴民族，固然有许多大事要做，可是改善民众消遣娱乐，也未见得就是小事。

人须有生趣才能有生机

谈休息

要想任何事做得好，做时必须精神饱满，工作成为乐事。一有倦怠或烦躁的意思，最好就把它搁下休息一会儿，让精神恢复后再来。宁静才能有丰富的生趣和生机，而没有充分休息做优游涵泳的功夫的人们决难宁静。

在世界各民族中，我们中国人要算是最能刻苦耐劳的。第一是农人。他们日出而作，日入而息，不分阴晴冷暖，总是硬着头皮，流着血汗，忙个不休。一年之中，他们最多只能在过年过节时歇上三五天，你如果住在乡下，常看他们在炎天烈日下车水拔草，挑重担推重车上高坡，或是拉牵绳拖重载船上急滩，你对他们会起敬心也会起怜悯心，觉得他们虽是人，却在做牛马的工作，过牛马的生活。读书人比较算是有闲阶级，但在飞黄腾达以前，也要经过一番艰苦的奋斗。从前私塾学生从天亮到半夜，都有规定的课程，休息对于他们是一个稀奇的名词。小学生们只有在先生打瞌睡时偷耍一阵，万一先生不打瞌睡，就只有找借口逃学。从前读书人误会"自强不息"的意思，以为"不息"就是不要休息。十年不下楼、十年不窥园、囊萤刺股、发愤忘食之类的故事在读书人中传为美谈，奉为模范。近代学校教育比从前私塾教育似乎也并不轻松多少。从小学以至大学，功课都太繁重，每日除上六七小时课外还要看课本做练习。世界各国学校上课钟点之多，假期之短少，似没有比得上我们的。

　　这种刻苦耐劳的精神原可佩服，但是对于身心两方的修养却是极大的危害。最刻苦耐劳的是我们中国人，体格最羸弱而工作最不讲效率的也是我们中国人。这中间似不无密切关系。我们对于休息的重要性太缺乏彻底的认识了。它看来虽似小问题，却为全民族的生命力所关，不能不提出一谈。

　　自然界事物都有一个节奏。脉搏一起一伏，呼吸一进一出，筋肉一张一弛，以至日夜的更替，寒暑的往来，都有一个劳动和休息的道理在内。草木和虫豸在冬天要枯要眠，土壤耕种了几年之后须休息，连机器输电灯线也不能昼夜不息地工作。世间没有一件事物能在一个状态维持到久远的，生命就是变化，而变化都有一起一伏的节奏。跳高者为着跳得高，先蹲着很低；演戏者为着造成一个紧张的局面，先来一个轻描淡写；用兵者守如处女，才能出如脱兔；唱歌者为着要拖长一个高音，先须深深地吸一口气。事例是不胜枚举的。世间固然有些事可以违拗自然去勉强，但是勉强也有它的限度。人的力量，无论是属于身或属于心的，到用过了限度时，必定是由疲劳而衰竭，由衰竭而毁灭。譬如弓弦，老是尽量地拉满不放松，结果必定是裂断。我们中国人的生活常像满引的弓弦，只图张的速效，不顾弛的蓄力，所以常在身心俱惫的状态中。这是政教当局所必须设法改善的。

　　一般人以为多延长工作的时间就可以多收些效果。比如说，一天能走一百里路，多走一天，就可以多走一百里路，如此天天走着不歇，无论走得多久，都可以维持一百里的速度。凡是走过长路的人都知道算盘打得不很精确，走久了不歇，必定愈走愈慢，以至完全走不动。我们走路的秘诀"不怕慢，只怕站"，实在只是片面的真理。永远站着固然不行，永远不站也不一定能走得远，不站就须得慢，慢有时延误事机；而偶尔站站却不至于慢，站后再走是加速度的唯一办法。我们中国人做事的通病就在怕站而不怕慢，慢条斯理地不死不活地往前挨，说不做而做着并没有歇，说做却并没有做出什么名色来。许多事就不讲效率，就要落后。西方各国都把效率看作一个迫切的问题，心理学家对这问题做了无数的实验，所得的结论是以同样时间去做同样工作，有休息的比没有休息的效率大得多。比如说，一长页的算学加法习题，继续不断地去做要费两点钟，如果先做五十分钟，继以二十分钟的休息，再做五十分钟，也还可以做完，时间上无损失而错误却较少。西方新式工厂大半都已应用这个原则去调节工作和休息的时间，结果工人的工作时间虽然少了，雇主的出品质量反而增加了。一般人以为休息是浪费时间，其实不休息的工作才真是浪费时间。此外还有精力的损耗更不经济。拿中国人与西方人相比，可工作的年龄至少有二十年的差别，我们到五六十岁就衰老无能为，他们那时还正年富力强，事业

刚开始，这分别有多大！

　　休息不仅为工作蓄力，而且有时工作必须在休息中酝酿成熟。法国大数学家潘家赉研究数学上的难题，苦思不得其解，后来跑到街上闲逛，原来费尽气力不能解决的难题却于无意中就轻轻易易地解决了。据心理学家的解释，有意识作用的工作须得退到潜意识中酝酿一阵，才得着土生根。通常我们在放下一件工作之后，表面上似在休息，而实际上潜意识中那件工作还在进行，詹姆斯有"夏天学溜冰，冬天学泅水"的比喻，溜冰本来是前冬练习的，今夏无冰发现美和趣味在生活中，就是能领略，也是最活泼快乐的人。世上最快活的人，就是最能领略的人。

朱光潜 / 生活之美只不过是你要做的发现

慢慢走啊，
去过美的
人生 /
朱光潜

可溜，自然就想不到溜冰，算是在休息，但是溜冰的筋肉技巧却恰巧此时凝固起来。汹水也是如此，一切学习都如此。比如我们学写字，用功甚勤，进步总是显得很慢，有时甚至越写越坏。但是如果停下一些时候再写，就猛然觉得字有进步。进步之后又停顿，停顿之后又进步，如此辗转多次，字才易写得好。习字需要停顿，也是因为要有时间让筋肉技巧在潜意识中酝酿凝固。习字如此，习其他技术也是如此。休息的工夫并不是白费的，它的成就往往比工作的成就更重要。

《佛说四十二章经》里有一段故事，戒人为学不宜操之过急，说得很好：

"沙门夜诵迦叶佛教遗经，其声悲紧，思悔欲退。佛问之曰：'汝昔在家，曾为何业？'对曰：'爱弹琴。'佛言：'弦缓如何？'对曰：'不鸣矣。''弦急如何？'对曰：'声绝矣。''急缓得中如何？'对曰：'诸音普矣。'佛言：'沙门学道亦然。心若调适，道可得矣。于道若暴，暴即身疲；其身若疲，意即生恼；意若生恼，行即退矣。'"

我国先儒如程朱诸子教人为学，亦常力戒急迫，主张"优游涵泳"，这四字含有妙理，它所指的功夫是猛火煎后的慢火煨，紧张工作后的潜意识的酝酿。要"优游涵泳"，非有充分休息不可。大抵治学和治事，第一件要事是清明在躬，从容而灵活，常做得自家的主宰，提得起也放得下。急迫躁进最易误事。我有时写字或作文，在意兴不佳或微感倦怠时，手不应心，心里愈想好，而写出来的愈坏，在此时仍不肯丢下，带着几分气忿的念头勉强写下去，写成要不得就扯去，扯去重写仍是要不得，于是愈写愈烦躁，愈烦躁也就写得愈不像样。假如在发现神志不旺时立即丢开，在乡下散步，吸一口新鲜空气，看看蓝天绿水，陡然间心旷神怡，回头来再伏案做事，便觉精神百倍，本来做得很

艰苦而不能成功的事，现在做起来却有手挥目送之乐，轻轻易易就做成了。不但作文写字如此，要想任何事做得好，做时必须精神饱满，工作成为乐事。一有倦怠或烦躁的意思，最好就把它搁下休息一会儿，让精神恢复后再来。

人须有生趣才能有生机。生趣是在生活中所领略得的快乐，生机是生活发扬所需要的力量。诸葛武侯所谓"宁静以致远"就包含生趣和生机两个要素在内，宁静才能有丰富的生趣和生机，而没有充分休息做优游涵泳的功夫的人们决难宁静。世间有许多过于辛苦的人，满身是尘劳，满腔是杂念，时时刻刻都为环境的需要所驱遣，如机械一般流转不息，自己做不得自己的主宰，呆板枯燥，没有一点生人之趣。这种人是环境压迫的牺牲者，没有力量抬起头来驾驭环境或征服环境，在事业和学问上都难有真正的大成就。我认识许多穷苦的农人，孜孜不辍的老学究和一天在办公室坐八小时的公务员，都令我起这种感想。假如一个国家里都充满着这种人，我们很难想象出一个光明世界来。

基督教的《圣经》叙述上帝创造世界的经过，于每段工作完成之后都赘上一句说："上帝看看他所做的事，看，每一件都很好！"到了第七天，上帝把他的工作都完成了，就停下来休息，并且加福于这第七天，因为在这一天他能够休息。这段简单的文字很可耐人寻味。我们不但需要时间工作，尤其需要时间对于我们所做的事回头看一看，看出它很好；并且工作完成了，我们需要一天休息来恢复疲劳的精神，领略成功的快慰。这一天休息的日子是值得"加福的"，"神圣化的"（圣经里所用的字时blessedandsanctified）。在现代紧张的生活中，我们"车如流水马如龙"地向前直滚，不曾留下一点时光作一番静观和回味，以至华严世相都在特别快车的窗子里滑了过去，而我们也只是轮回戏盘中的木人木马，有上帝的榜样在那里而我们不去学，岂不是浪费生命！

我生平最爱陶渊明在《自祭文》里所说的两句话：勤靡余劳，心有常闲。上句是尼采所说的狄俄尼索斯的精神，下句即是阿波罗的精神。动中有静，常保存自我主宰，这是修养的极境，人事算尽了，而神仙福分也就在尽人事中享着。现代人的毛病是勤有余劳，心无偶闲。这毛病不仅使生活索然寡味，身心俱惫，于事劳而无功，而且使人心地驳杂，缺乏冲和弘毅的气象，日日困于名缰利锁，叫整个世界日趋于干枯黑暗。但丁描写魔鬼在地狱中受酷刑，常特别着重"不停留"或"无间断"的字样。"不停留""无间断"自身就是一种惩罚，甘受这种惩罚的人们是甘愿人间成为地狱，上帝的子孙们，让我们跟着他的榜样，加福于我们工作之后休息的时光啊！

身的修养：没有身就没有心
谈体育

要营养必须适宜。生活必须有规律，起居饮食，劳作休息，都须有一定的时候，一定的分量，一定的节奏。心境要宽和冲淡，少动气，少存杂念。

理想的教育应以发展全人为鹄的。全人包括身心两方面，修养也应同时顾到这两方面。心的修养包含智育、德育、美育三项，相当于知、情、意三种心理机能。身的修养即通常所谓体育。近来我们的教育对于心的修养多偏重智育，德育与美育多被忽视。这种畸形的发展酿成一般人的道德堕落与趣味低下，已为共见周知的事实。至于体育更是落后。学校虽设有体育这门功课，大半是奉行公事，体育教员一向被轻视，学生不注意体育可不致影响升级和毕业，学校在体育设备上花的费用在整个预算上往往不及百分之一。如果你把身心的重要看作平等，把心的方面知情意三种机能的重要也看作平等，再把目前教育状况衡量一下，就可以想到我们的教育的不完善到了什么一个程度。德育和美育至少在理论上还有人在提倡，体育则久已降于不议不论之列了。体育所以落到这种无足轻重的地位，大半因为一般人根本误认体肤没有心灵那么高贵，一部分宗教家和哲学家甚至把体肤看成心灵的迷障，要修养心灵须先鄙弃体肤的需要。我们崇拜甘地，仿佛以为甘地成就他的特殊精神，就与他的身体瘦弱有关，身体不瘦弱，就不能成圣证道。这种错误的观念不破除，我们根本不能谈体育。

生命是有机的，身与心虽可分别却不可割裂；没有身就没有心，身体不健全，心灵就不会健全。这道理可以分几点来说。

第一，身体不健全，聪明智慧不能发展最高度的效能。我们中国民族的聪明智慧并不让西方人，但是在学问事业方面的造就，我们常常赶不上他们。原因固然很多，身体羸弱是最重要的一种。普通欧美人士说："生命从四十岁开始。"他们到了五六十岁时，还是血气方刚，还有二三十年可以在学问事业方面努力。但是普通中国人到了四十岁以后，精力就逐渐衰惫，在西方人正是奋发有为的时候，我们已宣告体力的破产，做告老退休的打算。普通西方人，头三四十年只是训练和准备的时期，后三四十年才可以谈到成就与收获；在我们中国人，刚过了训练和准备的时期，可用的精力就渐已耗竭，犹如果子未成熟就萎落，如何能谈到成就与收获呢？无论是读书、写字、做文章、演说、打仗或是办事，必须精力弥满，才可以好。尤其是做比较重大的工作，我们需要持久的努力，要能挣扎到底，维持最后五分钟的奋斗。我们做事，往往开头很起劲，以后越做越觉得精力不济，那最后五分钟最难挨过，以致功亏一篑。这就由于身体羸弱，生活力不够。

第二，身体羸弱可以影响到性情和人生观。我常分析自己，每逢性情暴躁，容易为小事动气时，身体方面总有些毛病，如头痛牙痛胃痛之类；每逢心境颓唐，悲观厌世时，大半精疲力竭，所能供给的精力不够应付事物的要求，这在生病或失眠时最易发生。在睡了一夜好觉之后，清晨爬起来，觉得自己生气蓬勃，心里就特别畅快，对人也就特别和善。我仔细观察我所常接触的人，发现体格与心境的密切关系是很普遍的。我没有看见一个真正康健的人和人不和善，处事不乐观；也没有看见一个愁眉苦脸的人在身体方面没有丝毫缺陷。

我们中国青年中许多人都悲观厌世、暮气沉沉，我敢说这大半是身体不健康的结果。

第三，德行的亏缺大半也可归原到身体的羸弱。西谚说："健全精神宿于健全身体。"这句话的意味实在深长。我常分析中国社会的病根，觉得它可以归原到一个字—懒。懒，所以萎靡因循，遇应该做的事拿不出一点勇气去做；懒，所以马虎苟且，遇不应该做的事拿不出一点勇气去决定不做；懒，于是对于一切事情朝抵抗力最低的路径走，遇事偷安取巧，逐渐走到人格的堕落。懒的原因在哪里呢？懒就是物理学上的惰性，由于动力的缺乏，换言之，由于体力的虚弱。比如机器要产生动力，必须开足马达，要开足马达，必须电力强大。身体好比马达，生活力就是电力，而努力所需要的坚强意志就是动力，生活力不旺——这就是说，体力薄弱——身体那一个马达就开不动，努力所需要的动力就无从产生。所以精神的破产毕竟起于身体的破产。

生命是一种无底止的奋斗。一个士兵作战，一个学者研究学问，或是一个普通公民勇于尽自己的职责，向一切恶的引诱说一个坚决的"不"字，向一切应做的事说一个坚决的"干"字，都需要一番斗争的精神，一股蓬勃的生活力。我们多数民众所最缺乏的就是这奋斗所必需的生活力，尤其在这抗建时代，我们必须彻底认识这种缺乏的严重性，极力来弥补它。我们慢些谈学问，慢些谈道德，慢些谈任何事功，第一件要事先把身体这个机器弄得坚强结实。

要补救我们民族体格的羸弱，必先推求羸弱的病因，然后对症下药。一般人都知道一些健身的方法和道理，例如营养适宜，衣食住清洁，生活有规律，运动休息得时之类。我们中国人体格羸弱，大半由于对这些健康的基本条件没有十分注意，这是谁都会承认的。但是我以为这些条件固然重要，却都是后天的培养，最重要的还是先天的基础。比如动植物的繁殖，在同样的后天环境之下，种子好的比种子差的较易于发育苗壮。哈巴狗总不能长成狮子狗，任凭你怎样去饲养。我知道许多人一辈子注意卫生，一辈子仍是不很强壮，就吃亏在先天不足；我也知道许多人一辈子不知道什么叫做卫生，可是身体依然是坚实，他们生来就有一副铜筋铁骨。因此，我想到在体格方面，先天的基础好，比任何谨慎的后天的培养都要强；我们要想改变民族的体质，第一步要务是彻底地研究优生。在身体方面的优生，有三个要点必须注意。一、男女配合必须在发育完成之后，早婚必须绝对禁止。二、选择配偶的标准必须把身体强健放在第一位。我们应特别奖励强壮的男子配强壮的女子。已往男选女要林黛玉那样弱不禁风，工愁善病；女择男要潘安那样白面书生，风度儒雅。这种传统的思想必须打破。三、妇女在妊孕期内必须有极合理的调养，在生产后至少在三年内须节制妊孕。先天的基础，母亲要奠立一大半，母亲的健康比父亲的更为重要。现在一般母亲在妊孕期劳作过度，营养不充分，而妊孕期的周率又太频繁，一年生产一次几是常事。这一点影响民族体格的健康比其他一切因素都较严重。以上三点体格优生要义我们必须灌注到每一个公民的头脑里去，在必要时，我们最好能用政府的力量帮助人民去切实施行。

至于后天的培养用不着多说，一般人都知道一些卫生常识。第一是营养必须适宜。目前物价昂贵，一般青年们正当发育的年龄，不能得到最低限度的营养，以致危害到健康。这是一个很严重的现象，政教当局必须彻底认识，急图补救。第二是生活必须有规律，起居饮食，劳作休息，都须有一定的时候，一定的分量，一定的节奏。在这一点，我们中国人的习惯很差。迟睡晚起，打牌可以打连宵；平时饮食不够营养的标准，进馆子就得把肚皮胀破；劳作者整天不得休息，游手好闲者整天不做工作，如此等类的毛病都是酿成民族羸弱的因素。单就青年说，目前各学校的功课都太繁重，营养所产生的力量过少，功课担负所要求的力量过多，供不应求，逼成虚耗。这也是一个很严重的现象。要教育合理化，各级学校的课程必须尽量裁汰。第三是心境要宽和冲淡，少动气，少存杂念。我国古代养生家素来特重这一点，所以说："养生莫善于寡欲。"我们近代人对此点似多认为陈腐，其实这很可惜。近代社会复杂，刺激特多，愈近于文明，愈远于自然，处处都是扰乱心志的事物，就是处处逼我们打消耗战。我们必须淡泊宁静，以逸待劳。这不但可以养生，也可以使学问事业得到较大的成就。

如果做到上面几点，我相信一个人不会不康健。康健的生活是正常的、自然的，健康的最大秘诀就在使生活是正常的自然的。近代人谈体育，多专指运动，其实专就健康而言，运动是体育的下乘节目。运动的要义在使血液流通，筋肉平均发展，脑筋与筋肉互换劳息。这三点在普通劳作方面也可以办到。自然人都很健康，除渔猎耕作及舞蹈以外，别无所谓运动，而身体却大半很强健。不过运动确也有不能用普通劳作代替的地方。第一，它是比较地科学化，顾到全身筋肉脉络的有系统的调摄和锻炼。在近代社会中分工细密，许多人只用一部分筋肉去劳作，有系统的运动实为必要。第二，运动带有团体娱乐的意味，是群育的最好工具。在中国古代，射以观德；近代西方人也说运动可以养成"公平游艺"（fairplay），一个公平正直的人有"运动家的风度"（sportsmanship）。要训练合作互助，尊重纪律的精神，最好的场所是运动场。威灵顿说："滑铁卢的胜仗，是在义敦和哈罗两校运动场上打来的。"就是因为这个道理。从这两点说，我们急需提倡运动。不过已往饲养选手替学校争门面的办法必须废除。运动必须由学校推广到全社会，成为每个人日常生活中一个节目，如吃饭睡觉一样，它才能于全民族的健康有所补助。

愁闷的时候就出去逛逛

北平杂写之后门大街

在这个世界里的人们，无论他们的生活是复杂或简单，关于谁你能够说"我真正明白他的底细"呢？

人生第一乐趣是朋友的契合。假如你有一个情趣相投的朋友居在邻近，风晨雨夕，彼此用不着走许多路就可以见面，一见面就可以毫无拘束地闲谈，而且一谈就可以谈出心事来，你不嫌他有一点怪脾气，他也不嫌你迟钝迂腐，像约翰生和包斯威尔在一块儿似的，那你就没有理由埋怨你的星宿。这种幸福永远使我可望而不可攀。首先，我生性不会谈话，和一个朋友在一块儿坐不到半点钟，就有些心虚胆怯，刻刻意识到我的呆板干枯叫对方感到乏味。谁高兴向一个只会说"是的"，"那也未见得"之类无谓语的人溜嗓子呢？其次，真正亲切的朋友都要结在幼年，人过三十，都不免不由自主地染上一些世故气，很难结交真正情趣相投的朋友。"相识满天下，知心能几人？"虽是两句平凡语，却是慨乎言之。因此，我唯一的解闷的方法就只有逛后门大街。

居过北平的人都知道北平的街道像棋盘线似的依照对称原则排列。有东四牌楼就有西四牌楼，有天安门大街就有地安门大街。北平的精华可以说全在天安门大街。它的宽大，整洁，辉煌，立刻就会使你觉到它象征一个古国古城的伟大雍容的气象。地安门（后门）大街恰好给它做一个强烈的反衬。它偏僻，阴暗，湫隘，局促，没有一点可以叫一个初来的游人留恋。我住在地安门里的慈慧殿，要出去闲逛，就只有这条街最就便。我无论是阴晴冷热，无日不出门闲逛，一出门就很机械地走到后门大街。它对于我好比一个朋友，虽是平凡无奇，因为天天见面，很熟习，也就变成很亲切了。

从慈慧殿到北海后门比到后门大街也只远几百步路。出后门，一直向北走就是后门大街，向西转稍走几百步路就是北海。后门大街我无日不走，北海则从老友徐中舒随中央研究院南迁以后（他原先住在北海），我每周至多只去一次。这并非北海对于我没有意味，我相信北海比我所见过的一切园子都好，但是北海对于我终于是一种奢侈，好比乡下姑娘的唯一一件的漂亮衣服，不轻易从箱底翻出来穿一穿的。有时我本预备去北海，但是一走到后门，就变了心眼，一直朝北去走大街，不向西转那一个弯。到北海要买门票，花二十枚铜子是小事，免不着那一层手续，究竟是一种麻烦；走后门大街可以长驱直入，没有站岗的向你伸手索票，打断你的幻想。这是第一个分别。在北海逛的是时髦人物，个个是衣裳楚楚、油头滑面的。你头发没有梳，胡子没有刮，鞋子也没有换一双干净的，"囚首垢面而谈诗书"，已经是大不韪，何况逛公园？后门大街上走的尽是贩夫走卒，没有人嫌你怪相，你可以彻底地"随便"。这是第二个分别。逛北海，走到"仿膳"或是"漪澜堂"的门前，你不免想抬头看看那些喝茶的中间有你的熟人没有，但是你又怕打招呼，怕那里有你的熟人，故意地低着头匆匆地走过去，像做了什么坏事似的。在后门大街上你准碰不见一个熟人，虽然常见到彼此未通过姓名的熟面孔，也各行其便，用不着打无谓的招呼。你可以尽量地饱尝着"匿名者"（incognito）的心中一点自由而诡秘的意味。这是第三个分别。因为这些缘故，我老是牺牲北海的朱梁画栋和香荷绿柳而独行踽踽于后门大街。

到后门大街我很少空手回来。它虽然是破烂，虽然没有半里路长，却有十几家古玩铺，一家旧书店。这一点点缀可以见出后门大街也曾经有过一个繁华时代，阅历过一些沧桑岁月，后门旧为旗人区域，旗人破落了，后门也就随之破落。但是那些破落户的破铜破铁还不断地送到后门的古玩铺和荒货摊。这些东西本来没有多少值得收藏的，但是偶尔遇到一两件，实在比隆福寺和厂甸的便宜。我花过四块钱买了一部明初拓本《史晨碑》，六块钱买了二十几锭乾隆御墨，两块钱买了两把七星双刀，有时候花几毛钱买一个磁瓶，一张旧纸，或是一个香炉。这些小东西本无足贵，但是到手时那一阵高兴实在是很值得追求。我从前在乡下时学过钓鱼，常蹲半天看不见浮标晃影子，偶然钓起来一个寸长的小鱼，虽明知其不满一咽，心里却非常愉快，我究竟是钓得了，没有落空。我在后门大街逛古董铺和荒货摊，心情正如钓鱼。鱼是小事，钓着和期待着有趣，钓得到什么，自然更是有趣。许多古玩铺和旧书店的老板都和我由熟识而成好朋友。过他们的门前，我的脚不由自主地踏进去。进去了，看了半天，件件东西都还是昨天所见过的。我自己觉得翻了半天还是空手走，有些对不起主人；主人也觉得没有什么新东西可以卖给我，心里有些歉然。但是这一点不尴尬，并不能妨碍我和主人的好感，到明天，我的脚还是照旧地不由自主地踏进他的门，他也依旧打起那副笑面孔接待我。

后门大街龌龊，是毋庸讳言的。就目前说，它虽不是贫民窟，一切却是十足的平民化。平民的最基本的需要是吃，后门大街上许多活动都是根据这个基本需要而在那里川流不息地进行。假如你是一个外来人，在后门大街走过一趟之后，坐下来搜求你的心影，除着破铜破铁破衣破鞋之外，就只有青葱大蒜，油条烧饼，和卤肉肥肠，一些油腻腻灰灰土土的七三八四和苍蝇骆驼混在一堆在你的昏眩的眼帘前晃影子。如果你回想你所见到的行人，他不是站在锅炉边嚼烧饼的洋车夫，就是坐在扁担上看守大蒜咸鱼的小贩。那里所有的颜色和气味都是很强烈的。这些混乱而又秽浊的景象有如陈年牛酪和臭豆腐乳，在初次接触时自然不免惹起你的嫌恶；但是如果你尝惯了它的滋味，它对于你却有一种不可抵御的引诱。

别说后门大街平凡，它有的是生命和变化！只要你有好奇心，肯乱窜，在这不满半里路长的街上和附近，你准可以不断地发现新世界。我逛过一年以上，才发现路西一个夹道里有一家茶馆。花三大枚的水钱，你可以在那儿坐一晚，听一部《济公传》或是《长坂坡》。至于火神庙里那位老拳师变成我的师傅，还是最近的事。你如果有幽默的癖性，你随时可以在那里寻到有趣的消遣。有一天晚上我坐在一家旧书铺里，从外面进来一个跛子，向店主人说了关于他的生平一篇可怜的故事，讨了一个铜子出去。我觉得这人奇怪，就起来跟在他后面走，看他跛进了十几家店铺之后，腿子猛然直起来，踏着很平稳安闲的大步，唱"我好比南来雁"，沉没到一个阴暗的夹道里去了。在这个世界里的人们，无论他们的生活是复杂或简单，关于谁你能够说"我真正明白他的底细"呢？

一到了上灯时候，尤其在夏天，后门大街就在它的古老躯干之上尽量地炫耀近代文明。理发馆和航空奖券经理所的门前悬着一排又一排的百支烛光的电灯，照像馆的玻璃窗里所陈设的时装少女和京戏名角的照片也越发显得光彩夺目。家家洋货铺门上都张着无线电的大口喇叭，放送京戏鼓书相声和说不尽的许多其他热闹玩意儿。这时候后门大街就变成人山人海，左也是人，右也是人，各种各样的人。少奶奶牵着她的花簇簇的小儿女，羊肉店的老板扑着他的芭蕉叶，白衫黑裙和翻领卷袖的学生们抱着膀子或是靠着电线杆，泥瓦匠坐在阶石上敲去旱烟筒里的灰，大家都一齐心领神会似的在听，在看，在发呆。在这种时候，后门大街上准有我；在这种时候，我丢开几十年教育和几千年文化在我身上所加的重压，自自在在地沉没在贤愚一体，皂白不分的人群中，尽量地满足牛要跟牛在一块儿，蚂蚁要跟蚂蚁在一块儿那一种原始的要求。我觉得自己是这一大群人中的一个人，我在我自己的心腔血管中感觉到这一大群人的脉搏的跳动。

后门大街，对于一个怕周旋而又不甘寂寞的人，你是多么亲切的一个朋友！

我欢喜自然的粗率和芜乱

北平杂写之慈慧殿三号

　　我欢喜一切生物和无生物尽量地维持它们的本来面目，我欢喜自然的粗率和芜乱，所以我始终不能真正地欣赏一个很整齐有秩序，路像棋盘，常青树剪成几何形体的园子。

　　慈慧殿并没有殿，它只是后门里一个小胡同，因西口一座小庙得名。庙中供的是什么菩萨，我在此住了三年，始终没有探头去一看，虽然路过庙门时，心里总要费一番揣测。慈慧殿三号和这座小庙隔着三四家居户，初次来访的朋友们都疑心它是庙，至少，它给他们的是一座古庙的印象，尤其是在树没有叶的时候；在北平，只有夏天才真是春天，所以慈慧殿三号像古庙的时候是很长的。它像庙，一则是因为它荒凉，二则是因为它冷清，但是最大的类似点恐怕在它的建筑，它孤零零地兀立在破墙荒园之中，显然与一般民房不同。这三年来，我做了它的临时"住持"，到现在仍没有请书家题一个某某斋或某某馆之类的匾额来点缀，始终很固执地叫它"慈慧殿三号"，这正如有庙无佛，多一事不如省一事。

　　慈慧殿三号的左右邻家都有崭新的朱漆大门，它的破烂污秽的门楼居在中间，越发显得它是一个破落户的样子。一进门，右手是一个煤栈，是今年新搬来的，天晴时天井里右方隙地总是晒着煤球，有时门口停着运煤的大车以及它所应有的附属品——黑麻布袋，黑牲口，满面涂着黑煤灰的车夫。在北方居住过的人会立刻联想到一种类型的龌龊场所。一粘上煤没有不黑不脏的，你想想德胜门外，门头沟车站或是旧工厂的锅炉房，你对于慈慧殿三号的门面就可以想象得一个大概。

和煤栈对面的——仍然在慈慧殿三号疆域以内——是一个车房，所谓"车房"就是停人力车和人力车夫居住的地方。无论是停车的或是住车夫的房子照例是只有三面墙，一面露天，房子对于他们的用处只是遮风雨；至于防贼，掩盖秘密，都全是另一个阶级的需要。慈慧殿三号的门楼右手只有两间这样三面墙的房子，五六个车子占了一间；在其余的一间里，车夫、车夫的妻子和猫狗进行他们的一切活动：做饭，吃饭，睡觉，养儿子，会客谈天等等。晚上回来，你总可以看见车夫和他的大肚子的妻子"举案齐眉"式的蹲在地上用晚饭，房东的看门的老太婆捧着长烟杆，闭着眼睛，坐在旁边吸旱烟。有时他们围着那位精明强干的车夫听他演说时事或故事，虽无瓜架豆棚，却是乡村式的太平岁月。

这些都在二道门以外。进二道门一直望进去是一座高大而空阔的四合房子。里面整年地鸦雀无声，原因是唯一的男主人天天是夜出早归，白天里是他的高卧时间；其余尽是妇道之家，都挤在最后一进房子，让前面的房子空着。房子里面从"御赐"的屏风到四足不全的椅凳都已逐渐典卖干净，连这座空房子也已经抵押了超过卖价的债项。这里面七八口之家怎样撑持他们的槁木死灰的生命是谁也猜不出来的疑案。在三十年以前他们是声威煊赫的"皇代子"，杀人不用偿命的。我和他们整年无交涉，除非是他们的"大爷"偶尔拿一部宋拓圣教序或是一块端砚来向我换一点烟资，他们的小姐们每年照例到我的园子里来两次，春天来摘一次丁香花，秋天来打一次枣子。

煤栈，车房，破落户的旗人，北平的本地风光算是应有尽有了。我所住持的"庙"原来和这几家共一个大门出入，和它们公用"慈慧殿三号"的门牌，不过在事实上是和它们隔开来的。进二道门之后向右转，当头就是一道隔墙。进这隔墙的门才是我所特指的"慈慧殿三号"。本来这园子的几十丈左右长的围墙随处可以打一个孔，开一个独立的门户。有些朋友们嫌大门口太不像样子，常劝我这样办，但是我始终没有听从，因为我舍不得煤栈车房所给我的那一点劳动生活的景象，舍不得进门时那一点曲折和跨进园子时那一点突然惊讶。如果自营一个独立门户，这几个美点就全毁了。

从煤栈车房转弯走进隔墙的门，你不能不感到一种突然惊讶。如果是早晨的话，你会立刻想到"清晨入古寺，初日照高林，曲径通幽处，禅房花木深"几句诗是恰好配用在这里的。百年以上的老树到处都可爱，尤其是在城市里成林；什么种类都可爱，尤其是松柏和楸。这里没有一棵松树，我有时不免埋怨百年以前经营这个园子的主人太疏忽。柏树也只有一棵大的，但是它确实是大，而且一走进隔墙门就是它，它的浓荫布满了一个小院子，还分润到三间厢房。柏树以外，最多的是枣树，最稀奇的是楸树。北平城里人家有三棵两棵楸树的便视为珍宝，这里的楸树一数就可以数上十来棵，沿后院东墙脚的一排七棵俨然形成一段天然的墙。我到北平以后才见识楸树，一见就欢喜它。它在树木中间是神仙中间的铁拐李，庄子所说的"大本臃肿而不中绳墨，小枝卷曲而不中规矩"，拿来形容楸似乎比形容樗更恰当。最奇怪的是这臃肿卷曲的老树到春天来会开类似牵牛的白花，到夏天来会放类似桑榆的碧绿的嫩叶。这园子里树木本来很杂乱，大的小的，高的低的，不伦不类地混在一起；但是这十来棵楸树在杂乱中辟出一个头绪来，替园子注定一个很明显的个性。

我不是能雇用园丁的阶级中人，要说自己动手拿锄头喷壶吧，一时兴到，容或暂以此为消遣，但是"一日曝之，十日寒之"，究竟无济于事，所以园子终年是荒着的。一到夏天来，狗尾草、蒿子，前几年枣核落下地所长生的小树，以及许多只有植物学家才能辨别的草都长得有腰深。偶尔栽几棵丝瓜，玉蜀黍，以及西红柿之类的蔬菜，到后来都没在草里看不见。我自己特别挖过一片地，种了几棵芍药，两年没有开过一朵花。所以园子里所有的草木花都是自生自长用不着人经营的。秋天栽菊花比较成功，因为那时节没有多少乱草和它作剧烈的"生存竞争"。这一年以来，厨子稍分余暇来做"开荒"的工作，但是乱草总是比他勤快，随拔随长，日夜不息。如果任我自己的脾胃，我觉得对于园子还是取绝对的放任主义较好。我的理由并不像浪漫时代诗人们所怀想的，并不是要找一个荒凉凄惨的境界来配合一种可笑的伤感。我欢喜一切生物和无生物尽量地维持它们的本来面目，我欢喜自然的粗率和芜乱，所以我始终不能真正地欣赏一个很整齐有秩序，路像棋盘，常青树剪成几何形体的园子，这正如我不欢喜赵子昂的字，仇英的画，或是一个中年妇女的油头粉面。我不要求房东把后院三间有顶无墙的破屋拆去或修理好，也是因为这个缘故。它要倒塌，就随它自己倒塌去；它一日不倒塌，我一日尊重它的生存权。

园子里没有什么家畜动物。三年前宗岱和我合住的时节，他在北海里捉得一只刺猬回来放在园子里养着。后来它在夜里常作怪声气，惹得老妈见神见鬼。近来它穿墙迁到邻家去了，朋友送了一只小猫来，算是补了它的缺。鸟雀儿北方本来就不多，但是因为几十棵老树的招邀，北方所有的鸟雀儿这里也算应有尽有。长年的顾客要算老鸹。它大概是鸦的别名，不过我没有下过考证。在南方它是不祥之鸟，在北方听说它有什么神话传说保护它，所以它虽然那样地"语言无味，面目可憎"，却没有人肯剿灭它。它在鸟类中大概是最爱叫苦爱吵嘴的。你整年都听它在叫，但是永远听不出一点叫声是表现它对于生命的欣悦。在天要亮未亮的时候，它叫得特别起劲，它仿佛拼命地不让你享受香甜的晨睡，你不醒，它也引你做惊惧梦。我初来时曾买了弓弹去射它，后来弓坏了，弹完了，也就只得向它投降。反正披衣冒冷风起来驱逐它，你也还是不能睡早觉。老鸹之外，麻雀甚多，无可记载。秋冬之季常有一种颜色极漂亮的鸟雀成群飞来，形状很类似画眉，不过不会歌唱。宗岱在此时硬说它来有喜兆，相信它和他请铁板神算家所批的八字都预兆他的婚姻恋爱的成功，但是他的讼事终于是败诉，他所追求的人终于是高飞远扬。他搬走以后，这奇怪的鸟雀到了节令仍旧成群飞来。鉴于往事，我也就不肯多存奢望了。

有一位朋友的太太说慈慧殿三号颇类似《聊斋志异》中所常见的故家第宅，"旷废无居人，久之蓬蒿渐满，双扉常闭，白昼亦无敢入者……"但是如果有一位好奇的书生在月夜里探头进去一看，会瞥见一位散花天女，嫣然微笑，叫他"不觉神摇意夺"，如此等情……我本凡胎，无此缘分，但是有一件"异"事也颇堪一"志"。有一天晚上，我躺在沙发上看书，凌坐在对面的沙发上共着一盏灯做针线，一切都沉在寂静里，猛然间听见一位穿革履的女人滴滴答答地从外面走廊的砖地上一步一步地走进来。我听见了，她也听见了，都猜着这是沉樱来了——她有时踏这种步声走进来。我走到门前掀帘子去迎她，声音却没有了，什么也没有看见。后来再四推测所得的解释是街上行人的步声，因为夜静，虽然是很远，听起来就好像近在咫尺。这究竟很奇怪，因为我们坐的地方是在一个很空旷的园子里，离街很远，平时在房子里绝对听不见街上行人的步声，而且那次听见步声分明是在走廊的砖地上。这件事常存在我的心里，我仿佛得到一种启示，觉得我在这城市中所听到的一切声音都像那一夜所听到的步声，听起来那么近，而实在却又那么远。

无人不道看花回

花会

> 花会时节是成都人的惊蛰期。在太阳之下，花光草色如怒火放焰，闪闪浮动，固然显出山河浩荡生气蓬勃的景象，有时春阴四布，小风薄云，苗青鹊静，亦别有一番清幽情致。
>
> 紫陌红尘拂面来，无人不道看花回。
>
> ——刘禹锡

成都整年难得见太阳，全城的人天天都埋在阴霾里，像古井阑的苔藓，他们浑身染着地方色彩，浸润阴幽，沉寂，永远在薄雾浓云里度过他们的悠悠岁月。他们好闲，却并不甘寂寞，吃饭，喝茶，逛街，看戏，都向人多的处所挤。挤来挤去，左右不过是那几个地方。早上坐少城公园的茶馆，晚上逛春熙路，西东大街以及满街挂着牛肉的皇城坝，你会想到成都人没有在家里坐着的习惯，有闲空总得出门，有热闹总得挨凑进去。成都人的生活可以说是"户外的"，但是同时也是"城里的"。翻来覆去，总跳不出这个城圈子。五十万的人口，几十方里的面积，形成一种大规模的蜂巢蚁穴。所以表面看来，车如流水马如龙，无处不是骚动，而实际上这种骚动只是蛰伏式的蠕动，像成都一位老作家所说的"死水微澜"。

花会时节是成都人的惊蛰期。举行花会的地方是西门外的青羊宫。这座大道观据说是从唐朝遗留下来的。花会起于何朝何代，尚待考据家去推断，大概来源也很早。成都的天气是著名的阴沉，但在阳春三月，风光却特别明媚。春来得迟，一来了，气候就猛然由温暖而热燥，所以在其他地带分季开放的花卉在成都却连班出现。梅花茶花没有谢，接着就是桃杏，桃杏没有谢，接着就是木槿建兰芍药。在三月里你可以同时见到冬春夏三季的花。自然，最普遍的花要算菜花。成都大平原纵横有五六百里路之广。三月间登高一望，视线所能达到的地方尽是菜花麦苗，金黄一片，杂以油绿，委实是一种大观。在太阳之下，花光草色如怒火放焰，闪闪浮动，固然显出山河浩荡生气蓬勃的景象，有时春阴四布，小风薄云，苗青鹊静，亦别有一番清幽情致。这时候成都人，无论是男女老少，便成群结队地出城游春了。

游春自然是赶花会。花会之名并不副实。陈列各种时花的地方是庙东南一个偏僻的角落。所陈列的不过是一些普通花卉，并无名品，据说今年花会未经政府提倡，没有往年的热闹，外县以及本城的名园都没有把他们的珍品送来。无论如何，到花会来的人重要目的并不在看花而在凑热闹看人。成都人究竟是成都人，丢不开那古老城市的风俗习惯。花会场所还是成都城市的具体而微。古董摊和书画摊是成都搬来的会府和西玉龙街，铜铁摊是成都搬来的东御街，著名的吴抄手在此有临时分店，临时茶馆菜馆面馆更简直都还是成都城里的那种气派。每个菜馆后面差不多都有个篾篷，一个大篾箱似的东西只留着一个方孔做门，门上挂着大红布帘。里面锣鼓喧阗，川戏、相声、洋琴、大鼓、杂耍，应有尽有。纵横不过一里的地方，除着成都城里所有的形形色色之外，还有乡下人摆的竹器木器花根谷种以至于锄头菜刀水桶烟杆之类。地方小，花样多，所以挤，所以热闹。大家来此，吃、喝、买、卖、"耍"、看，城里人来看乡下人，乡下人来看城里人，男的来看女的，女的来看男的。好一幅仇十洲的清明上河图，虽然它所表现的不尽是太平盛世的攘往熙来的盛况。

除掉几条繁盛街道之外，成都在大体上还保存着古代城市的原始风味。

舶来品尽管在电光闪烁之下惊心夺目，在幽暗僻静的街道里，铜铁匠还是用钉锤锻生铜制锅制水烟袋，织工们还是在竹框撑紧的蜀锦上一针一线地绣花绣鸟。所有的道地的工商业都还是手工品的工商业。他们的制法和用法都有很长久的传统做基础。要是为实用的，它们必定是坚实耐久；要是为玩耍的，它们必定是精细雅致。一个水桶的提手横木可以粗得像屋梁，一茎狗尾草叶可以编成口跟脚翅全具的蚱蜢或蜻蜓。只要你还保存有几分稚气，花会中所陈列的这些大大小小的物品件件都很可以使你流连。假如你像我的话，有一个好玩的小孩子，你可注意的东西就更多，风车、泥人、木马、小花篮，以及许多形形色色的小玩具都可以使你自慰不虚此行。此外，成都人古董书画之癖在花会里也可以略窥一二。老君堂的里外前后的墙壁都挂满着字画，台阶上都摆满着碑帖。自然，像一般的中国人，成都人也很会制造假古董，也很喜欢买假古董。花会之盛，这也是一个原因。

花会之盛还另有一个原因，就是在一般人心理中，青羊宫里所供奉的那位李老君是神通广大的道教祖。青羊者据说是李老君西升后到成都显圣所骑的牲畜。后人纪念这个圣迹，立祠奉祀。于今青羊宫正殿里还有两头青铜铸成的羊子，一牝一牡，牝左牡右。单讲这两匹羊的形样，委实是值得称赞的艺术品。到花会的人少不得都要摸一摸这两匹羊。据说有病的人摸它们一摸，病就会自然痊愈。摸的地方也有讲究，头病摸头脚病摸脚，错乱不得。古往今来病头病脚以及病非头非脚的地方者大概不少，所以于今这两匹羊周身被摸得精光。羊尚如此，老君本人可知，于是老君堂上满挂着前朝巡抚提督现代省长督军亲书或请人代书的匾额。金光四耀，煞是妙相庄严，到此不由人不肃然起敬，何况青羊宫门坎之高打破任何记录！祈财、祈子、祈福、祈寿、祈官，都得爬过这高门坎向老君进香。爬这高门坎的身手不同，奇态便不免百出。七八十岁的老太太须得放下拐杖，用双手伏在门坎上，然后徐徐把双脚迈过去。至于摩登小姐也有提起旗袍叉口，一大步就迈过去的。大殿上很整秩地摆着一列又一列的棕制蒲团。跪在蒲团上捧香默祷的有乡下佬，有达官富商，也有脚踏高跟皮鞋襟口挂着自来水笔的摩登小姐，如上文所云一大步就迈过门户坎的。在这里新旧两代携手言欢，各表心愿。香炉之旁，例有钱桶。花会时钱桶易满。站在香炉旁烧香的道士此时特别显得油光滑面，喜笑颜开。"临邛道士鸿都客，能以精诚致魂魄"，此风至今未泯也。

成都素有小北平之称。熟习北平的人看到花会自然联想到厂甸的庙会，它们都是交易，宗教，游玩打成一片的。单就陈列品说，厂甸较为丰富精美，但是就天时与地利说，成都花会赶春天在乡村举行，实在占不少的便宜。逛花会不尽是可以凑热闹，买玩意儿，祈财求子，还可以趁风和日暖的时候吐一吐城市的秽浊空气，有如古人的修禊，青羊宫本身固然也不很清洁，那里人山人海中的空气也不见得清新。可是花会逛过了，沿着城西郊马路回城，或是刚出城时沿着城西郊赴花会，平畴在望，清风徐来，路右边一阵又一阵的男男女女带着希望去，左边一阵又一阵的男男女女提着风车或是竹篮回来，真所谓"无边光景一时新"，你纵是老年人，也会觉得年轻十岁了。人过中年，难得常有这样少年的兴致。让我赞美这成都花会啊！

Part 2

美为生活第一乐事

有审美的眼睛，才能看见美

趁人生需得站在远处

一切美的事物都有不令人俗的功效

"美"使人愉快

要从微小的事物中表现一个世界来

一定要亲自去领略领略作品的滋味

对美的态度是从心出发的

有审美的眼睛，才能看见美

我们对于一棵古松的三种态度

美是事物的最有价值的一面，

美感的经验是人生中最有价值的一面。

我刚才说，一切事物都有几种看法。你说一件事物是美的或是丑的，这也只是一种看法。换一个看法，你说它是真的或是假的；再换一种看法，你说它是善的或是恶的。同是一件事物，看法有多种，所看出来的现象也就有多种。

比如园里那一棵古松，无论是你是我或是任何人一看到它，都说它是古松。但是你从正面看，我从侧面看，你以幼年人的心境去看，我以中年人的心境去看，这些情境和性格的差异都能影响到所看到的古松的面目。古松虽只是一件事物，你所看到的和我所看到的古松却是两件事。假如你和我各把所得的古松的印象画成一幅画或是写成一首诗，我们俩艺术手腕尽管不分上下，你的诗和画与我的诗和画相比较，却有许多重要的异点。这是什么缘故呢？这就由于知觉不完全是客观的，各人所见到的物的形象都带有几分主观的色彩。

假如你是一位木商，我是一位植物学家，另外一位朋友是画家，三人同时来看这棵古松。我们三人可以说同时都"知觉"到这一棵树，可是三人所"知觉"到的却是三种不同的东西。你脱离不了你的木商的心习，你所知觉到的只是一棵做某事用值几多钱的木料。我也脱离不了我的植物学家的心习，我所知觉到的只是一棵叶为针状、果为球状、四季常青的显花植物。我们的朋友画家什么事都不管，只管审美，他所知觉到的只是一棵苍翠劲拔的古树。我们三人的反应态度也不一致。你心里盘算它是宜于架屋或是制器，思量怎样去买它、砍它、运它。我把它归到某类某科里去，注意它和其他松树的异点，思量它何以活得这样老。我们的朋友却不这样东想西想，他只在聚精会神地观赏它的苍翠的颜色，它的盘屈如龙蛇的线纹以及它的昂然高举、不受屈挠的气概。

从此可知这棵古松并不是一件固定的东西，它的形象随观者的性格和情趣而变化。各人所见到的古松的形象都是各人自己性格和情趣的返照。古松的形象一半是天生的，一半也是人为的。极平常的知觉都带有几分创造性；极客观的东西之中都有几分主观的成分。

美也是如此。有审美的眼睛才能见到美。这棵古松对于我们的画画的朋友是美的，因为他去看它时就抱了美感的态度。你和我如果也想见到它的美，你须得把你那种木商的实用的态度丢开，我须得把植物学家的科学的态度丢开，专持美感的态度去看它。

这三种态度有什么分别呢？

先说实用的态度。做人的第一件大事就是维持生活。既要生活，就要讲究如何利用环境。"环境"包含我自己以外的一切人和物在内，这些人和物有些对于我的生活有益，有些对于我的生活有害，有些对于我不关痛痒。我对于他们于是有爱恶的情感，有趋就或逃避的意志和活动。这就是实用的态度。实用的态度起于实用的知觉，实用的知觉起于经验。小孩子初出世，第一次遇见火就伸手去抓，被它烧痛了，以后他再遇见火，便认识它是什么东西，便明了它是烧痛手指的，火对于他于是有意义。事物本来都是很混乱的，人为便利实用起见，才像被火烧过的小孩子根据经验把四围事物分类立名，说天天吃的东西叫作"饭"，天天穿的东西叫作"衣"，某种人是朋友，某种人是仇敌，于是事物才有所谓"意义"。意义大半都起于实用。在许多人看，衣除了是穿的，饭除了是吃的，女人除了是生小孩的一类意义之外，便寻不出其他意义。所谓"知觉"，就是感官接触某种人或物时心里明了他的意义。明了他的意义起初都只是明了他的实用。明了实用之后，才可以对他起反应动作，或是爱他，或是恶他，或是求他，或是拒他。木商看古松的态度便是如此。

科学的态度则不然。它纯粹是客观的、理论的。所谓客观的态度就是把自己的成见和情感完全丢开，专以"无所为而为"的精神去探求真理。理论是和实用相对的。理论本来可以见诸实用，但是科学家的直接目的却不在于实用。科学家见到一个美人，不说我要去向她求婚，她可以替我生儿子，只说我看她这人很有趣味，我要来研究她的生理构造，分析她的心理组织。科学家见到一堆粪，不说它的气味太坏，我要掩鼻走开，只说这堆粪是一个病人排泄的，我要分析它的化学成分，看看有没有病菌在里面。科学家自然也有见到美人就求婚、见到粪就掩鼻走开的时候，但是那时候他已经由科学家还到实际人的地位了。科学的态度之中很少有情感和意志，它的最重要的心理活动是抽象的思考。科学家要在这个混乱世界中寻出事物的关系和条理，纳个物于概念，从原理演个例，分出某者为因、某者为果、某者为特征、某者为偶然性。植物学家看古松的态度便是如此。

木商由古松而想到架屋、制器、赚钱等，植物学家由古松而想到根茎花叶、日光水分等，他们的意识都不能停止在古松本身上面。不过把古松当作一块踏脚石，由它跳到和它有关系的种种事物上面去。所以在实用的态度中和科学的态度中，所得到的事物的意象都不是独立的、绝缘的，观者的注意力都不是专注在所观事物本身上面的。注意力的集中，意象的孤立绝缘，便是美感的态度的最大特点。比如我们的画画的朋友看古松，他把全副精神都贯注在松的本身上面，古松对于他便成了一个独立自足的世界。他忘记他的妻子在家里等柴烧饭，他忘记松树在植物教科书里叫作显花植物，总而言之，古松完全占领住他的意识，古松以外的世界他都视而不见、听而不闻了。他只把古松摆在心眼面前当作一幅画去玩味。他不计较实用，所以心中没有意志和欲念；他不推求关系、条理、因果等等，所以不用抽象地思考。这种脱净了意志和抽象思考的心理活动叫作"直觉"，直觉所见到的孤立绝缘的意象叫作"形象"。美感经验就是形象的直觉，美就是事物呈现形象于直觉时的特质。

实用的态度以善为最高目的，科学的态度以真为最高目的，美感的态度以美为最高目的。在实用态度中，我们的注意力偏在事物对于人的利害，心理活动偏重意志；在科学的态度中，我们的注意力偏在事物间的互相关系，心理活动偏重抽象的思考；在美感的态度中，我们的注意力专在事物本身的形象，心理活动偏重直觉。真善美都是人所定的价值，不是事物所本有的特质。离开人的观点而言，事物都混然无别，善恶、真伪、美丑就漫无意义。真善美都含有若干主观的成分。

就"用"字的狭义说，美是最没有用处的。科学家的目的虽只在辨别真伪，他所得的结果却可效用于人类社会。美的事物如诗文、图画、雕刻、音乐等都是寒不可以为衣、饥不可以为食的。从实用的观点看，许多艺术家都是太不切实用的人物。然则我们又何必来讲美呢？人性本来是多方的，需要也是多方的。真、善、美三者俱备才可以算是完全的人。人性中本有饮食欲，渴而无所饮，饥而无所食，固然是一种缺乏；人性中本有求知欲而没有科学的活动，本有美的嗜好而没有美感的活动，也未始不是一种缺乏。真和美的需要也是人生中的一种饥渴，精神上的饥渴。疾病衰老的身体才没有口腹的饥渴。同理，你遇到一个没有精神上的饥渴的人或民族，你可以断定他的心灵已到了疾病衰老的状态。

人所以异于其他动物的就是于饮食男女之外还有更高尚的企求，美就是其中之一。是壶就可以贮茶，何必又求它形式、花样、颜色都要好看呢？吃饱了饭就可以睡觉，何必又呕心血去做诗、画画、奏乐呢？"生命"是与"活动"同义的，活动愈自由生命也就愈有意义。人的实用的活动全是有所为而为，是受环境需要限制的；人的美感的活动全是无所为而为，是环境不需要他活动而他自己愿意去活动的。在有所为而为的活动中，人是环境需要的奴隶；在无所为而为的活动中，人是自己心灵的主宰。这是单就人说，就物说呢，在实用的和科学的世界中，事物都借着和其他事物发生关系而得到意义，到了孤立绝缘时就都没有意义；但是在美感世界中它却能孤立绝缘，却能在本身现出价值。照这样看，我们可以说，美是事物的最有价值的一面，美感的经验是人生中最有价值的一面。

许多轰轰烈烈的英雄和美人都过去了，许多轰轰烈烈的成功和失败也都过去了，只有艺术作品真正是不朽的。数千年前的《采采卷耳》和《孔雀东南飞》的作者还能在我们心里点燃很强烈的火焰，虽然在当时他们不过是大皇帝脚下的不知名的小百姓。秦始皇并吞六国，统一车书，曹孟德带八十万人马下江东，舳舻千里，旌旗蔽空，这些惊心动魄的成败对于你有什么意义？对于我有什么意义？但是长城和《短歌行》对于我们还是很亲切的，还可以使我们心领神会这些骸骨不存的精神气魄。这几段墙在，这几句诗在，他们永远对于人是亲切的。由此例推，在几千年或是几万年以后看现在纷纷扰扰的"帝国主义""反帝国主义""主席""代表""电影明星"之类对于人有什么意义？我们这个时代是否也有类似长城和《短歌行》的纪念坊留给后人，让他们觉得我们也还是很亲切的吗？悠悠的过去只是一片漆黑的天空，我们所以还能认识出来这漆黑的天空者，全赖思想家和艺术家所散布的几点星光。朋友，让我们珍重这几点星光！让我们也努力散布几点星光去照耀那和过去一般漆黑的未来！

瞧人生需得站在远处

"当局者迷，旁观者清"

艺术本来是弥补人生和自然缺陷的。

如果艺术的最高目的仅在妙肖人生和自然，

我们既已有人生和自然了，

又何取乎艺术呢？

有几件事我觉得很有趣味，不知道你有同感没有？

我的寓所后面有一条小河通莱茵河。我在晚间常到那里散步一次，走成了习惯，总是沿东岸去，过桥沿西岸回来。走东岸时我觉得西岸的景物比东岸的美；走西岸时适得其反，东岸的景物又比西岸的美。对岸的草木房屋固然比较这边的美，但是它们又不如河里的倒影。同是一棵树，看它的正身本极平凡，看它的倒影却带有几分另一世界的色彩。我平时又欢喜看烟雾朦胧的远树，大雪笼盖的世界和更深夜静的月景。本来是习见不以为奇的东西，让雾、雪、月盖上一层白纱，便见得很美丽。

北方人初看到西湖，平原人初看到峨眉，虽然审美力薄弱的村夫，也惊讶它们的奇景；但生长在西湖或峨眉的人除了以居近名胜自豪以外，心里往往觉得西湖和峨眉实在也不过如此。新奇的地方都比熟悉的地方美，东方人初到西方，或是西方人初到东方，都往往觉得面前景物件件值得玩味。本地人自以为不合时尚的服装和举动，在外方人看，却往往有一种美的意味。

古董癖也是很奇怪的。一个周朝的铜鼎或是一个汉朝的瓦瓶在当时也不过是盛酒盛肉的日常用具，在现在却变成很稀有的艺术品。固然有些好古董的人是贪它值钱，但是觉得古董实在可玩味的人却不少。我到外国人家去时，主人常欢喜拿一点中国东西给我看。这总不外瓷罗汉、蟒袍、渔樵耕读图之类的装饰品，我看到每每觉得羞涩，而主人却诚心诚意地夸奖它们好看。

种田人常羡慕读书人，读书人也常羡慕种田人。竹篱瓜架旁的黄粱浊酒和朱门大厦中的山珍海鲜，在旁观者所看出来的滋味都比当局者亲口尝出来的好。读陶渊明的诗，我们常觉到农人的生活真是理想的生活，可是农人自己在烈日寒风之中耕作时所尝到的况味，绝不似陶渊明所描写的那样闲逸。

人常是不满意自己的境遇而羡慕他人的境遇，所以俗语说："家花不比野花香。"人对于现在和过去的态度也有同样的分别。本来是很酸辛的遭遇到后来往往变成很甜美的回忆。我小时候在乡下住，早晨看到的是那几座茅屋，几畦田，几排青山，晚上看到的也还是那几座茅屋，几畦田，几排青山，觉得它们真是单调无味，现在回忆起来，却不免有些留恋。

这些经验你一定也注意到的。它们是什么缘故呢？

这全是观点和态度的差别。看倒影，看过去，看旁人的境遇，看稀奇的景物，都好比站在陆地上远看海雾，不受实际的切身的利害牵绊，能安闲自在地玩味目前美妙的景致。看正身，看现在，看自己的境遇，看习见的景物，都好比乘海船遇着海雾，只知它妨碍呼吸，只嫌它耽误程期，预兆危险，没有心思去玩味它的美妙。持实用的态度看事物，它们都只是实际生活的工具或障碍物，都只能引起欲念或嫌恶。要见出事物本身的美，我们一定要从实用世界跳开，以"无所为而为"的精神欣赏它们本身的形象。总而言之，美和实际人生有一个距离，要见出事物本身的美，须把它摆在适当的距离之外去看。

再就上面的实例说，树的倒影何以比正身美呢？它的正身是实用世界中的一片段，它和人发生过许多实用的关系。人一看见它，不免想到它在实用上的意义，产生许多实际生活的联想。它是避风息凉的或是架屋烧火的东西。在散步时我们没有这些需要，所以就觉得它没有趣味。倒影是隔着一个世界的，是幻境的，是与实际人生无直接关联的。我们一看到它，就立刻注意到它的轮廓线纹和颜色，好比看一幅图画一样。这是形象的直觉，所以是美感的经验。总而言之，正身和实际人生没有距离，倒影和实际人生有距离，美的差别即起于此。

同理，游历新境时最容易见出事物的美。习见的环境都已变成实用的工具。比如我久住在一个城市里面，出门看见一条街就想到朝某方向走是某家酒店，朝某方向走是某家银行；看见了一座房子就想到它是某个朋友的住宅，或是某个总长的衙门。这样的"由盘而之钟"，我的注意力就迁到旁的事物上去，不能专心致志地看这条街或是这座房子究竟像个什么样子。在崭新的环境中，我还没有认识事物的实用的意义，事物还没有变成实用的工具，一条街还只是一条街而不是到某银行或某酒店的指路标，一座房子还只是某颜色某线形的组合而不是私家住宅或是总长衙门，所以我能见出它们本身的美。

一件本来惹人嫌恶的事情，如果你把它推远一点看，往往可以成为很美的意象。卓文君不守寡，私奔司马相如，陪他当坊卖酒。我们现在把这段情史传为佳话。我们读李长吉的"长卿怀茂陵，绿草垂石井，弹琴看文君，春风吹鬓影"几句诗，觉得它是多么幽美的一幅画！但是在当时人看，卓文君失节却是一件秽行丑迹。袁子才尝刻一方"钱塘苏小是乡亲"的印，看他的口吻是多么自豪！但是钱塘苏小究竟是怎样的一个伟人？她原来不过是南朝的一个妓女。和这个妓女同时的人谁肯攀她做"乡亲"呢？当时的人受实际问题的牵绊，不能把这些人物的行为从极繁复的社会信仰和利害观念的圈套中划出来，当作美丽的意象来观赏。我们在时过境迁之后，不受当时的实际问题的牵绊，所以能把它们当作有趣的故事来谈。它们在当时和实际人生的距离太近，到现在则和实际人生距离较远了，好比经过一些年代的老酒，已失去它的原来的辣性，只留下纯淡的滋味。

一般人迫于实际生活的需要，都把利害认得太真，不能站在适当的距离之外去看人生世相，于是这丰富华严的世界，除了可效用于饮食男女的营求之外，便无其他意义。他们一看到瓜就想它是可以摘来吃的，一看到漂亮的女子就起性欲的冲动。他们完全是占有欲的奴隶。花长在园里何尝不可以供欣赏？他们却欢喜把它摘下来挂在自己的襟上或是插在自己的瓶里。一个海边的农夫逢人称赞他的门前海景时，便很羞涩地回过头来指着屋后一园菜说："门前虽没有什么可看的，屋后这一园菜却还不差。"许多人如果不知道周鼎汉瓶是很值钱的古董，我相信他们宁愿要一个不易打烂的铁锅或瓷罐，而不愿要那些不能煮饭藏菜的破铜破铁。这些人都是不能在艺术品或自然美和实际人生之中维持一种适当的距离。

艺术家和审美者的本领就在能不让屋后的一园菜压倒门前的海景，不拿盛酒盛菜的标准去估定周鼎汉瓶的价值，不把一条街当作到某酒店和某银行去的指路标。他们能跳开利害的圈套，只聚精会神地观赏事物本身的形象。他们知道在美的事物和实际人生之中维持一种适当的距离。

我说"距离"时总不忘冠上"适当的"三个字，这是要注意的。"距离"可以太过，可以不及。艺术一方面要能使人从实际生活牵绊中解放出来，一方面也要使人能了解，能欣赏，"距离"不及，容易使人回到实用世界，距离太远，又容易使人无法了解欣赏。这个道理可以拿一个浅例来说明。

王渔洋的《秋柳诗》中有两句说："相逢南雁皆愁侣，好语西乌莫夜飞。"在不知这诗的历史的人看来，这两句诗是漫无意义的，这就是说，它的距离太远，读者不能了解它，所以无法欣赏它。《秋柳诗》原来是悼明亡的，"南雁"

是指国亡无所依附的故旧大臣，"西乌"是指有意屈节降清的人物。假使读这两句诗的人自己也是一个"遗老"，他对于这两句诗的情感一定比旁人较能了解。但是他不一定能取欣赏的态度，因为他容易看这两句诗而自伤身世，想到种种实际人生问题上面去，不能把注意力专注在诗的意象上面，这就是说，《秋柳诗》对于他的实际生活距离太近了，容易把他由美感的世界引回到实用的世界。

许多人欢喜从道德的观点来谈文艺，从韩昌黎的"文以载道"说起，一

直到现代"革命文学"以文学为宣传的工具止，都是把艺术硬拉回到实用的世界里去。一个乡下人看戏，看见演曹操的角色扮老奸巨猾的样子惟妙惟肖，不觉义愤填胸，提刀跳上舞台，把他杀了。从道德的观点评艺术的人们都有些类似这位杀曹操的乡下佬，义气虽然是义气，无奈是不得其时，不得其地。他们不知道道德是实际人生的规范，而艺术是与实际人生有距离的。

艺术须与实际人生有距离，所以艺术与极端的写实主义不相容。写实主义的理想在妙肖人生和自然，但是艺术如果真正做到妙肖人生和自然的境界，总不免把观者引回到实际人生，使他的注意力旁迁于种种无关美感的问题，不能专心致志地欣赏形象本身的美。比如裸体女子的照片常不免容易刺激性欲，而裸体雕像如《米罗爱神》，裸体画像如法国安格尔的《汲泉女》，都只能令人肃然起敬。这是什么缘故呢？这就是因为照片太逼肖自然，容易像实物一样引起人的实用的态度；雕刻和图画都带有若干形式化和理想化，都有几分不自然，所以不易被人误认为实际人生中的一个片段。

艺术上有许多地方，乍看起来，似乎不近情理。古希腊和中国旧戏的角色往往戴面具、穿高底鞋，表演时用歌唱的声调，不像平常说话。埃及雕刻对于人体加以抽象化，往往千篇一律。波斯图案画把人物的肢体加以不自然的扭曲，中世纪"哥特式"诸大教寺的雕像把人物的肢体加以不自然的延长。中国和西方古代的画都不用远近阴影。这种艺术上的形式化往往遭浅人唾骂，它固然时有流弊，其实也含有至理。这些风格的创始者都未尝不知道它不自然，但是他们的目的正在使艺术和自然之中有一种距离。说话不押韵，不论平仄；做诗却要押韵，要论平仄，道理也是如此。艺术本来是弥补人生和自然缺陷的。如果艺术的最高目的仅在妙肖人生和自然，我们既已有人生和自然了，又何取乎艺术呢？

艺术都是主观的，都是作者情感的流露，但是它一定要经过几分客观

化。艺术都要有情感，但是只有情感不一定就是艺术。许多人本来是笨伯而自信是可能的诗人或艺术家。他们常埋怨道："可惜我不是一个文学家，否则我的生平可以写成一部很好的小说。"富于艺术材料的生活何以不能产生艺术呢？艺术所用的情感并不是生糙的而是经过反省的。蔡琰在丢开亲生子回国时绝写不出《悲愤诗》，杜甫在"入门闻号啕，幼子饥已卒"时绝写不出《自京赴奉先县咏怀五百字》。这两首诗都是"痛定思痛"的结果。艺术家在写切身的情感时，都不能同时在这种情感中过活，必定把它加以客观化，必定由站在主位的尝受者退为站在客位的观赏者。一般人不能把切身的经验放在一种距离以外去看，所以情感尽管深刻，经验尽管丰富，终不能创造艺术。

一切美的事物都有不令人俗的功效

"子非鱼，安知鱼之乐？"

自己在欢喜时，

大地山河都在扬眉带笑；

自己在悲伤时，

风云花鸟都在叹气凝愁。

庄子与惠子游于濠梁之上。

庄子曰："儵鱼出游从容，是鱼之乐也！"

惠子曰："子非鱼，安知鱼之乐？"

庄子曰："子非我，安知我不知鱼之乐？"

这是《庄子·秋水》篇里的一段故事，是你平时所欢喜玩味的。我现在借这段故事来说明美感经验中的一个极有趣味的道理。

我们通常都有"以己度人"的脾气，因为有这个脾气，对于自己以外的人和物才能了解。严格地说，各个人都只能直接地了解他自己，都只能知道自己处某种境地、有某种知觉、生某种情感。至于知道旁人旁物处某种境地、有某种知觉、生某种情感时，则是凭自己的经验推测出来的。比如我知道自己在笑时心里欢喜，在哭时心里悲痛，看到旁人笑也就以为他心里欢喜，看见旁人哭也以为他心里悲痛。我知道旁人旁物的知觉和情感如何，都是拿自己的知觉和情感来比拟的。我只知道自己，我知道旁人旁物时是把旁人旁物看成自己，或是把自己推到旁人旁物的地位。庄子看到鯈鱼"出游从容"便觉得它乐，因为他自己对于"出游从容"的滋味是有经验的。人与人，人与物，都有共同之点，所以他们都有互相感通之点。假如庄子不是鱼就无从知鱼之乐，每个人就要各成孤立世界，和其他人物都隔着一层密不通风的墙壁，人与人以及人与物之间便无心灵交通的可能了。

这种"推己及物""设身处地"的心理活动不尽是有意的，出于理智的，所以它往往产生幻觉。鱼没有反省的意识，是否能够像人一样"乐"，这种问题大概在庄子时代的动物心理学也还没有解决，而庄子硬拿"乐"字来形容鱼的心境，其实不过把他自己的"乐"的心境外射到鱼的身上罢了，他的话未必有科学的谨严与精确。我们知觉外物，常把自己所得的感觉外射到物的本身上去，把它误认为物所固有的属性，于是本来在我的就变成在物的了。比如我们说"花是红的"时，是把红看作花所固有的属性，好像是以为纵使没有人去知觉它，它也还是在那里。其实花本身只有使人觉到红的可能性，至于红却是视觉的结果。红是长度为若干的光波射到眼球网膜上所生的印象。如果光波长一点或是短一点，眼球网膜的构造换一个样子，红的色觉便不会发生。患色盲的人根本就不能辨别红色，就是眼睛健全的人在薄暮光线暗淡时也不能把红色和绿色分得清楚，从此可知严格地说，我们只能说"我觉得花是红的"。我们通常都把"我觉得"三字略去而直说"花是红的"，于是在我的感觉遂被误认为在物的属性了。日常对于外物的知觉都可作如是观。"天气冷"其实只是"我觉得天气冷"，鱼也许和我不一致；"石头太沉重"其实只是"我觉得它太沉重"，大力士或许还嫌它太轻。

云何尝能飞？泉何尝能跃？我们却常说云飞泉跃；山何尝能鸣？谷何尝能应？我们却常说山鸣谷应。在说云飞泉跃、山鸣谷应时，我们比说花红石头重，又更进一层了。原来我们只把在我的感觉误认为在物的属性，现在我们却把无生气的东西看成有生气的东西，把它们看作我们的侪辈，觉得它们也有性格，也有情感，也能活动。这两种说话的方法虽不同，道理却是一样，都是根据自己的经验来了解外物。这种心理活动通常叫作"移情作用"。

"移情作用"是把自己的情感移到外物身上去，仿佛觉得外物也有同样的情感。这是一个极普遍的经验。自己在欢喜时，大地山河都在扬眉带笑；自己在悲伤时，风云花鸟都在叹气凝愁。惜别时蜡烛可以垂泪，兴到时青山亦觉点头。柳絮有时"轻狂"，晚峰有时"清苦"。陶渊明何以爱菊呢？因为他在傲霜残枝中见出孤臣的劲节；林和靖何以爱梅呢？因为他在暗香疏影中见出隐者的高标。

从这几个实例看，我们可以看出移情作用是和美感经验有密切关系的。移情作用不一定就是美感经验，而美感经验却常含有移情作用。美感经验中的移情作用不单是由我及物的，同时也是由物及我的；它不仅把我的性格和情感移注于物，同时也把物的姿态吸收于我。所谓美感经验，其实不过是在聚精会神之中，我的情趣和物的情趣往复回流而已。

姑先说欣赏自然美。比如我在观赏一棵古松，我的心境是什么样状态呢？我的注意力完全集中在古松本身的形象上，我的意识之中除了古松的意象之外，一无所有。在这个时候，我的实用的意志和科学的思考都完全失其作用，我没有心思去分辨我是我而古松是古松。古松的形象引起清风亮节的类似联想，我心中便隐约觉到清风亮节所常伴着的情感。因为我忘记古松和我是两件事，我就于无意之中把这种清风亮节的气概移置到古松上面去，仿佛古松原来就有这种性格。同时我又不知不觉地受古松的这种性格影响，自己也振作起来，模仿它那一副苍老劲拔的姿态。所以古松俨然变成一个人，人也俨然变成一棵古松。真正的美感经验都是如此，都要达到物我同一的境界，在物我同一的境界中，移情作用最容易发生，因为我们根本就不分辨所生的情感到底是属于我还是属于物的。

再说欣赏艺术美，比如说听音乐。我们常觉得某种乐调快活，某种乐调悲伤。乐调自身本来只有高低、长短、急缓、宏纤的分别，而不能有快乐和悲伤的分别。换句话说，乐调只能有物理而不能有人情。我们何以觉得这本来只有物理的东西居然有人情呢？这也是由于移情作用。这里的移情作用是如何起来的呢？音乐的命脉在节奏。节奏就是长短、高低、急缓、宏纤相继承的关系。这些关系前后不同，听者所费的心力和所用的心的活动也不一致。因此听者心中自起一种节奏和音乐的节奏相平行。听一曲高而缓的调子，心力也随之做一种高而缓的活动；听一曲低而急的调子，心力也随之做一种低而急的活动。这种高而缓或是低而急的心力活动，常蔓延浸润到全部心境，使它变成和高而缓的活动或是低而急的活动相同调，于是听者心中遂感觉一种欣欣鼓舞或是抑郁凄恻的情调。这种情调本来属于听者，在聚精会神之中，他把这种情调外射出去，于是音乐也就有快乐和悲伤的分别了。

再比如说书法。书法在中国向来自成艺术，和图画有同等的身份，近来才有人怀疑它是否可以列于艺术，这般人大概是看到西方艺术史中向来不留位置给书法，所以觉得中国人看重书法有些离奇。其实书法可列于艺术，是无可置疑的。他可以表现性格和情趣。颜鲁公的字就像颜鲁公，赵孟頫的字就像赵孟頫。所以字也可以说是抒情的，不但是抒情的，而且是可以引起移情作用的。横直钩点等等笔画原来是墨涂的痕迹，它们不是高人雅士，原来没有什么"骨力""姿态""神韵"和"气魄"。但是在名家书法中我们常觉到"骨力""姿态""神韵"和"气魄"。我们说柳公权的字"劲拔"，赵孟頫的字"秀媚"，这都是把墨涂的痕迹看作有生气、有性格的东西，都是把字在心中所引起的意象移到字的本身上面去。

移情作用往往带有无意的模仿。我在看颜鲁公的字时，仿佛对着巍峨的高峰，不知不觉地耸肩聚眉，全身的筋肉都紧张起来，模仿它的严肃；我在看赵孟頫的字时，仿佛对着临风荡漾的柳条，不知不觉地展颐摆腰，全身的筋肉都松懈起来，模仿它的秀媚。从心理学看，这本来不是奇事。凡是观念都有实现于运动的倾向。念到跳舞时脚往往不自主地跳动，念到"山"字时口舌往往不由自主地说出"山"字。通常观念往往不能实现于动作者，由于同时有反对的观念阻止它。同时念到打球又念到泅水，则既不能打球，又不能泅水。如果心中只有一个观念，没有旁的观念和它对敌，则它常自动地现于运动。聚精会神看赛跑时，自己也往往不知不觉地弯起胳膊动起脚来，便是一个好例。在美感经验之中，注意力都是集中在一个意象上面，所以极容易起模仿的运动。

移情的现象可以称之为"宇宙的人情化"，因为有移情作用然后本来只有物理的东西可具人情，本来无生气的东西可有生气。从理智观点看，移情作用是一种错觉、是一种迷信。但是如果把它勾销，不但艺术无由产生，即宗教也无由出现。艺术和宗教都是把宇宙加以生气化和人情化，把人和物的距离以及人和神的距离都缩小。它们都带有若干神秘主义的色彩。所谓神秘主义其实并没有什么神秘，不过是在寻常事物之中见出不寻常的意义。这仍然是移情作用。从一草一木之中见出生气和人情以至于极玄奥的泛神主义，深浅程度虽有不同，道理却是一样。

美感经验既是人的情趣和物的姿态的往复回流，我们可以从这个前提中抽出两个结论来：

其一，物的形象是人的情趣的返照。物的意蕴深浅和人的性分密切相关。深人所见于物者亦深，浅人所见于物者亦浅。比如一朵含露的花，在这个人看来只是一朵平常的花，在那个人看或以为它含泪凝愁，在另一个人看或以为它能象征人生和宇宙的妙谛。一朵花如此，一切事物也是如此。因我把自己的意蕴和情趣移于物，物才能呈现我所见到的形象。我们可以说，各人的世界都由各人的自我伸张而成。欣赏中都含有几分创造性。

其二，人不但移情于物，还要吸收物的姿态于自我，还要不知不觉地模仿物的形象。所以美感经验的直接目的虽不在陶冶性情，而却有陶冶性情的功效。心里印着美的意象，常受美的意象浸润，自然也可以少存些浊念。苏东坡诗说："宁可食无肉，不可居无竹；无肉令人瘦，无竹令人俗。"竹不过是美的形象之一种，一切美的事物都有不令人俗的功效。

"美"使人愉快

希腊女神的雕像和血色鲜丽的英国姑娘

我们对于一件艺术作品欣赏的浓度愈大，

就愈不觉得自己是在欣赏它，

愈不觉得所生的感觉是愉快的。

我在以上三章所说的话都是回答"美感是什么"这个问题。我们说过，美感起于形象的直觉。它有两个要素：

其一，目前意象和实际人生之中有一种适当的距离。我们只观赏这种孤立绝缘的意象，一不问它和其他事物的关系如何，二不问它对于人的效用如何。思考和欲念都暂时失其作用。

其二，在观赏这种意象时，我们处于聚精会神以至于物我两忘的境界，所以于无意之中以我的情趣移注于物，以物的姿态移注于我。这是一种极自由的（因为是不受实用目的牵绊的）活动，说它是欣赏也可，说它是创造也可，美就是这种活动的产品，不是天生现成的。

这是我们的立脚点。在这个立脚点上站稳，我们可以打倒许多关于美感的误解。在以下两三章里我要说明美感不是许多人所想象的那么一回事。

我们第一步先打倒享乐主义的美学。

"美"字是不要本钱的，喝一杯滋味好的酒，你称赞它"美"，看见一朵颜色很鲜明的花，你称赞它"美"，碰见一位年轻姑娘，你称赞她"美"，读一首诗或是看一座雕像，你也还是称赞它"美"。这些经验显然不尽是一致的。究竟怎样才算"美"呢？一般人虽然不知道什么叫作"美"，但是都知道什么样就是愉快。拿一幅画给一个小孩子或是未受艺术教育的人看，征求他的意见，他总是说"很好看"。如果追问他"它何以好看"，他不外是回答说："我欢喜看它，看了它就觉得很愉快。"通常人所谓"美"大半就是指"好看"，指"愉快"。

不仅是普通人如此，许多声名煊赫的文艺批评家也把美感和快感混为一件事。英国19世纪有一位学者叫作罗斯金，他著过几十册书谈建筑和图画，就曾经很坦白地告诉人说："我从来没有看见过一座希腊女神雕像，有一位血色鲜丽的英国姑娘的一半美。"从愉快的标准看，血色鲜丽的姑娘引诱力自然是比女神雕像的大；但是你觉得一位姑娘"美"和你觉得一座女神雕像"美"时是否相同呢？《红楼梦》里的刘姥姥想来不一定有什么风韵，虽然不能邀罗斯金的青眼，在艺术上却仍不失其为美。一个很漂亮的姑娘同时做许多画家的"模特儿"，可是她的画像在一百张之中不一定有一张比得上伦勃朗（荷兰人物画家）的"老太婆"。英国姑娘的"美"和希腊女神雕像的"美"显然是两件事，一个是只能引起快感的，一个是只能引起美感的。罗斯金的错误在把英国姑娘的引诱性做"美"的标准，去测量艺术作品。艺术是另一世界里的东西，对于实际人生没有引诱性，所以他以为比不上血色鲜丽的英国姑娘。

美感和快感究竟有什么分别呢？有些人见到快感不尽是美感，替它们勉强定一个分别来，却又往往不符事实。英国有一派主张"享乐主义"的美学家就是如此。他们所见到的分别彼此又不一致。有人说耳、目是"高等感官"，其余鼻、舌、皮肤、筋肉等等都是"低等感官"，只有"高等感官"可以尝到美感而"低等感官"则只能尝到快感。有人说引起美感的东西可以同时引起许多人的美感，引起快感的东西则对于这个人引起快感，对于那个人或引起不快感。美感有普遍性，快感没有普遍性。这些学说在历史上都发生过影响，如果分析起来，都是一钱不值。拿什么标准说耳、目是"高等感官"？耳、目得来的有些是美感，有些也只是快感，我们如何去分辨？"客去茶香余舌本"，"冰肌玉骨，自清凉无汗"等名句是否与"低等感官"不能得美感之说相容了，至于普遍不普遍的话更不足为凭。口腹有同嗜而艺术趣味却往往随人而异。陈年花雕是吃酒的人大半都称赞它美的，一般人却不能欣赏后期印象派的图画。我曾经听过一位很时髦的英国老太婆说道："我从来没有见过比金字塔再拙劣的东西。"

从我们的立脚点看，美感和快感是很容易分别的。美感与实用活动无关，而快感则起于实际要求的满足。口渴时要喝水，喝了水就得到快感；腹饥时要吃饭，吃了饭也就得到快感。喝美酒所得的快感由于味感得到所需要的刺激，和饱食暖衣的快感同为实用的，并不是起于"无所为而为"的形象的观赏。至于看血色鲜丽的姑娘，可以生美感也可以不生美感。如果你觉得她是可爱的，给你做妻子你还不讨厌她，你所谓"美"就只是指合于满足性欲需要的条件，"美人"就只是指对于异性有引诱力的女子。如果你见了她不起性欲的冲动，只把她当作线纹匀称的形象看，那就和欣赏雕像或画像一样了。美感的态度不带意志，所以不带占有欲。在实际上性欲本能是一种最强烈的本能，看见血色鲜丽的姑娘而能"心如古井"地不动，只一味欣赏曲线美，是一般人所难能的。所以就美感说，罗斯金所称赞的血色鲜丽的英国姑娘对于实际人生距离太近，不一定比希腊女神雕像的价值高。

谈到这里，我们可以顺便地说一说弗洛伊德派心理学在文艺上的应用。大家都知道，弗洛伊德把文艺认为是性欲的表现。性欲是最原始、最强烈的本能，在文明社会里，它受道德、法律种种社会的牵制，不能得充分的满足，于是被压抑到"隐意识"里成为"情意综"。但是这种被压抑的欲望还是要偷空子化装求满足。文艺和梦一样，都是戴着假面具逃开意识检查的欲望。举一个例来说，男子通常都特别爱母亲，女子通常都特别爱父亲。依弗洛伊德看，这就是性爱。这种性爱是反乎道德法律的，所以被压抑下去，在男子则成"俄狄浦斯情意综"，在女子则成"爱列屈拉情意综"。这两个奇怪的名词怎样讲呢？俄狄浦斯原来是古希腊的一个王子，曾于无意中弑父娶母，所以他可以象征子对于母的性爱。爱列屈拉是古希腊的一个公主，她的母亲爱上一个男子而把丈夫杀了，她怂恿她的兄弟把母亲杀了，替父亲报仇，所以她可以象征女对于父的性爱。在许多民族的神话里面，伟大的人物都有母而无父，耶稣和孔子就是著例，耶稣是上帝授胎的，孔子之母祷于尼丘而生孔子。在弗洛伊德派学者看，这都是"俄狄浦斯情意综"的表现。许多文艺作品都可以用这种眼光来看，都是被压抑的性欲因化装而得满足。

依这番话看，弗洛伊德的文艺观还是要纳到享乐主义里去，他自己就常欢喜用"快感原则"这个名词。在我们看，他的毛病也在把快感和美感混淆，把艺术的需要和实际人生的需要混淆。美感经验的特点在"无所为而为"地观赏形象。在创造或欣赏的一刹那中，我们不能仍然在所表现的情感里过活，一定要站在客位把这种情感当一幅意象去观赏。如果作者写性爱小说，读者看性爱小说，都是为着满足自己的性欲，那就无异于为着饥而吃饭，为着冷而穿衣，只是实用的活动而不是美感的活动了。文艺的内容尽管有关性欲，可是我们在创造或欣赏时却不能同时受性欲冲动的驱遣，须站在客位把它当作形象看。世间自然也有许多人欢喜看淫秽的小说去刺激性欲或是满足性欲，但是他们所得的并不是美感。弗洛伊德派的学者的错处不在主张文艺常是满足性欲的工具，而在把这种满足认作美感。

美感经验是直觉的而不是反省的。在聚精会神之中我们既忘去自我，自然不能觉得我是否欢喜所观赏的形象，或是反省这形象所引起的是不是快感。我们对于一件艺术作品欣赏的浓度愈大，就愈不觉得自己是在欣赏它，愈不觉得所生的感觉是愉快的。如果自己觉得快感，我便是由直觉变而为反省，好比提灯寻影，灯到影灭，美感的态度便已失去了。美感所伴的快感，在当时都不觉得，到过后才回忆起来。比如读一首诗或是看一幕戏，当时我们只是心领神会，无暇他及，后来回想，才觉得这一番经验很愉快。

这个道理一经说破，本来很容易了解。但是许多人因为不明白这个很浅显的道理，遂走上迷路。近来德国和美国有许多研究"实验美学"的人就是如此。他们拿一些颜色、线形或是音调来请受验者比较，问他们欢喜哪一种，讨厌哪一种，然后做出统计来，说某种颜色是最美的，某种线形是最丑的。独立的颜色和画中的颜色本来不可相提并论。在艺术上部分之和并不等于全体，而且最易引起快感的东西也不一定就美。他们的错误是很显然的。

要从微小的事物中表现一个世界来

"记得绿罗裙，处处怜芳草"

在联想时我看到芳草就想到罗裙，

又想到穿罗裙的美人，

既想到穿罗裙的美人，

心思就已不复在芳草了。

美感与快感之外，还有一个更易惹误解的纠纷问题，就是美感与联想。

什么叫作联想呢？联想就是见到甲而想到乙。甲唤起乙的联想通常不外起于两种原因：或是甲和乙在性质上相类似，例如看到春光想起少年，看到菊花想到节士；或是甲和乙在经验上曾相接近，例如看到扇子想起萤火虫，走到赤壁想起曹孟德或苏东坡。类似联想和接近联想有时混在一起，牛希济的"记得绿罗裙，处处怜芳草"两句词就是好例。词中主人何以"记得绿罗裙"呢？因为罗裙和他的欢爱者相接近；他何以"处处怜芳草"呢？因为芳草和罗裙的颜色相类似。

意识在活动时就是联想在进行，所以我们差不多时时刻刻都在起联想。听到声音知道说话的是谁，见到一个词知道它的意义，都是起于联想作用。联想是以旧经验诠释新经验，如果没有它，知觉、记忆和想象都不能发生，因为它们都得根据过去的经验。从此可知联想为用之广。

联想有时可用意志控制，作文构思时或追忆一时记不起的过去经验时，都是勉强把联想挤到一条路上去走。但是在大多数情境之中，联想是自由的，无意的，飘忽不定的。听课读书时本想专心，而打球、散步、吃饭、邻家的猫儿种种意象总是不由你自主地闯进脑里来，失眠时越怕胡思乱想，越禁止不住胡思乱想。这种自由联想好比水流湿，火就燥，稍有勾搭，即被牵绊，未登九天，已入黄泉。比如我现在从"火"字出发，就想到红，石榴，家里的天井，浮山，雷鲤的诗，鲤鱼，孔夫子的儿子等等，这个联想线索前后相承，虽有关系可寻，但是这些关系都是偶然的。我的"火"字的联想线索如此，换一个人或是我自己在另一时境，"火"字的联想线索却另是一样。从此可知联想的散漫飘忽。

联想的性质如此。多数人觉得一件事物美时，都是因为它能唤起甜美的联想。

在"记得绿罗裙，处处怜芳草"的人看，芳草是很美的。颜色心理学中有许多同类的事实。许多人对于颜色都有所偏好，有人偏好红色，有人偏好青色，有人偏好白色。据一派心理学家说，这都是由于联想作用。例如红是火的颜色，所以看到红色可以使人觉得温暖；青是田园草木的颜色，所以看到青色可以使人想到乡村生活的安闲。许多小孩子和乡下人看画，都只是欢喜它的花红柳绿的颜色。有些人看画，欢喜它里面的故事，乡下人欢喜把孟姜女、薛仁贵、桃园三结义的图糊在壁上做装饰，并不是因为那些木板雕刻的图好看，是因为它们可以提起许多有趣故事的联想。这种脾气并不只是乡下人才有。我每次陪朋友们到画馆里去看画，见到他们所特别注意的第一是几张有声名的画，第二是有历史性的作品如耶稣临刑图、拿破仑结婚图之类，像伦勃朗所画的老太公、老太婆，和后期印象派的山水风景之类的作品，他们却不屑一顾。此外又有些人看画（和看一切其他艺术作品一样），偏重它所含的道德教训。道学先生看到裸体雕像或画像，都不免起若干嫌恶。记得詹姆士在他的某一部书里说过有一次见过一位老修道妇，站在一幅耶稣临刑图面前合掌仰视，悠然神往。旁边人问她那幅画如何，她回答说："美极了，你看上帝是多么仁慈，让自己的儿子去牺牲，来赎人类的罪孽！"

在音乐方面，联想的势力更大。多数人在听音乐时，除了联想到许多美丽的意象之外，便别无所得。他们欢喜这个调子，因为它使他们想起清风明月；不欢喜那个调子，因为它唤醒他们以往的悲痛的记忆。钟子期何以负知音的雅名？因他听伯牙弹琴时，惊叹说："善哉！峨峨兮若泰山，洋洋兮若江河。"李颀在胡笳声中听到什么？他听到的是"空山百鸟散还合，万里浮云阴且晴。"白乐天在琵琶声中听到什么？他听到的是"银瓶乍破水浆迸，铁骑突出刀枪鸣。"苏东坡怎样形容洞箫？他说："其声呜呜然，如怨如慕，如泣如诉。余音袅袅，不绝如缕。舞幽壑之潜蛟，泣孤舟之嫠妇。"这些数不尽的例子都可以证明多数人欣赏音乐，都是欣赏它所唤起的联想。

联想所伴的快感是不是美感呢？

历来学者对于这个问题可分两派，一派的答案是肯定的，一派的答案是否定的。这个争辩就是在文艺思潮史中闹得很凶的形式和内容的争辩。依内容派说，文艺是表现情思的，所以文艺的价值要看它的情思内容如何而决定。第一流文艺作品都必有高深的思想和真挚的情感。这句话本来是不可辩驳的。但是侧重内容的人往往从这个基本原理抽出两个其他的结论，第一个结论是题材的重要。所谓题材就是情节。他们以为有些情节能唤起美丽堂皇的联想，有些情节只能唤起丑陋凡庸的联想。比如做史诗和悲剧，只应采取英雄为主角，不应采取愚夫愚妇。第二个结论就是文艺应含有道德的教训。读者所生的联想既随作品内容为转移，则作者应设法把读者引到正经路上去，不要用淫秽卑鄙的情节摇动他的邪思。这些学说发源较早，它们的影响到现在还是很大。从前人所谓"思无邪""言之有物""文以载道"，现在人所谓"哲理诗""宗教艺术""革命文学"等等，都是侧重文艺的内容和文艺的无关美感的功效。

这种主张在近代颇受形式派的攻击，形式派的标语是"为艺术而艺术"。他们说，两个画家同用一个模特儿，所成的画价值有高低；两个文学家同用一个故事，所成的诗文意蕴有深浅。许多大学问家、大道德家都没有成为艺术家，许多艺术家并不是大学问家、大道德家。从此可知艺术之所以为艺术，不在内容而在形式。如果你不是艺术家，纵有极好的内容，也不能产生好作品出来；反之，如果你是艺术家，极平庸的东西经过灵心妙运点铁成金之后，也可以成为极好的作品。印象派大师如莫奈、梵高诸人不是往往在一张椅子或是几间破屋之中表现一个情深意永的世界出来吗？这一派学说到近代才逐渐占势力。在文学方面的浪漫主义，在图画方面的印象主义，尤其是后期印象主义，在音乐方面的形式主义，都是看轻内容的。单拿图画来说，一般人看画，都先问里面画的是什么，是怎样的人物或是怎样的故事。这些东西在术语上叫作"表意的成分"。近代有许多画家就根本反对画中有任何"表意的成分"。看到一幅画，他们只注意它的颜色、线纹和阴影，不问它里面有什么意义或是什么故事。假如你看到这派的作品，你起初只望见许多颜色凑合在一起，须费过一番审视和猜度，才知道所画的是房子或是崖石。这一派人是最反对杂联想于美感的。

这两派的学说都持之有故、言之成理，我们究竟何去何从呢？我们否认艺术的内容和形式可以分开来讲（这个道理以后还要谈到），不过关于美感与联想这个问题，我们赞成形式派的主张。

就广义说，联想是知觉和想象的基础，艺术不能离开知觉和想象，就不能离开联想。但是我们通常所谓联想，是指由甲而乙、由乙而丙，辗转不止的乱想。就这个普通的意义说，联想是妨碍美感的。美感起于直觉，不带思考，联想却不免带有思考。在美感经验中我们聚精会神于一个孤立绝缘的意象上面，联想则最易使精神涣散，注意力不专一，使心思由美感的意象旁迁到许多无关美感的事物上面去。在审美时我看到芳草就一心一意地领略芳草的情趣；在联想时我看到芳草就想到罗裙，又想到穿罗裙的美人，既想到穿罗裙的美人，心思就已不复在芳草了。

联想大半是偶然的。比如说，一幅画的内容是"西湖秋月"，如果观者不聚精会神于画的本身而信任联想，则甲可以联想到雷峰塔，乙可以联想到往日同游西湖的美人，这些联想纵然有时能提高观者对于这幅画的好感，画本身的美却未必因此而增加，而画所引起的美感则反因精神涣散而减少。

知道这番道理，我们就可以知道许多通常被认为美感的经验其实并非美感了。假如你是武昌人，你也许特别欢喜崔颢的《黄鹤楼》诗；假如你是陶渊明的后裔，你也许特别欢喜《陶渊明集》；假如你是道德家，你也许特别欢喜《击鼓骂曹》的戏或是韩退之的《原道》；假如你是古董贩，你也许特别欢喜河南新出土的龟甲文或是敦煌石窟里面的壁画；假如你知道达·芬奇的声名大，你也许特别欢喜他的《蒙娜丽莎》。这都是自然的倾向，但是这都不是美感，都是持实际的人的态度，在艺术本身以外求它的价值。

一定要亲自去领略领略作品的滋味
"灵魂在杰作中的冒险"

总而言之，

考据不是欣赏，批评也不是欣赏，

但是欣赏却不可无考据与批评。

把快感认为美感，把联想认为美感，是一般人的误解，此外还有一种误解是学者们所特有的，就是把考证和批评认为欣赏。

在这里我不妨稍说说自己的经验。我自幼就很爱好文学。在我所谓"爱好文学"，就是欢喜哼哼有趣味的诗词和文章。后来到外国大学读书，就顺本来的偏好，决定研究文学。在我当初所谓"研究文学"，原来不过是多哼哼有趣味的诗词和文章。我以为那些外国大学的名教授可以告诉我哪些作品有趣味，并且向我解释它们何以有趣味的道理。我当时隐隐约约地觉得这门学问叫作"文学批评"，所以在大学里就偏重"文学批评"方面的功课。哪知道我费过五六年的功夫，所领教的几乎完全不是我原来所想望的。

比如拿莎士比亚这门功课来说，教授在讲堂上讲些什么呢？现在英国的学者最重"版本的批评"。他们整年地讲莎士比亚的某部剧本在某一年印第一次"四折本"，某一年印第一次"对折本"，"四折本"和"对折本"有几次翻印，某一个字在第一次"四折本"怎样写，后来在"对折本"里又改成什么样，某一段在某版本里为阙文，某一个字是后来某个编辑者校改的。在我只略举几点已经够使你看得不耐烦了，试想他们费毕生的精力做这种勾当！

自然他们不仅讲这一样，他们也很重视"来源"的研究。研究"来源"的问些什么问题呢？莎士比亚大概读过些什么书？他是否懂得希腊文？他的《哈姆雷特》一部戏是依据哪些书？这些书他读时是用原文还是用译本？他的剧中情节和史实有哪几点不符？为了要解决这些问题，学者们个个在埋头于灰封虫咬的向来没有人过问的旧书堆中，寻求他们的所谓"证据"。

此外他们也很重视"作者的生平"。莎士比亚生前操什么职业？几岁到伦敦当戏子？他少年偷鹿的谣传是否确实？他的十四行诗里所说的"黑姑娘"究竟是谁？"哈姆雷特"是否是莎士比亚现身说法？当时伦敦有几家戏院？他和这些戏院和同行戏子的关系如何？他死时的遗嘱能否见出他和他的妻子的情感？为了这些问题，学者跑到法庭里翻几百年前的文案，跑到官书局里查几百年前的书籍登记簿，甚至于跑到几座古老的学校去看看墙壁上和板凳上有没有或许是莎士比亚划的简笔姓名。他们如果寻到片纸只字，就以为是至宝。

这三种功夫合在一块儿讲，就是中国人所说的"考据学"。我的讲莎士比亚的教师除了这种考据学以外，自己不做其他的功夫，对于我们学生们也只讲他所研究的那一套，至于剧本本身，他只让我们凭我们自己的能力去读，能欣赏也好，不能欣赏也好，他是不过问的，像他这一类的学者在中国向来就很多，近来似乎更时髦。许多人是把"研究文学"和"整理国故"当作一回事。从美学观点来说，我们对于这种考据的工作应该发生何种感想呢？

考据所得的是历史的知识。历史的知识可以帮助欣赏却不是欣赏本身。欣赏之前要有了解。了解是欣赏的预备，欣赏是了解的成熟。只就欣赏说，版本、来源以及作者的生平都是题外事，因为美感经验全在欣赏形象本身，注意到这些问题，就是离开形象本身。但是就了解说，这些历史的知识却非常重要。例如要了解曹子建的《洛神赋》，就不能不知道他和甄后的关系；要欣赏陶渊明的《饮酒》诗，就不能不先考订原本中到底是"悠然望南山"还是"悠然见南山"。

了解和欣赏是互相补充的。未了解决不足以言欣赏，所以考据学是基本的功夫。但是只了解而不能欣赏，则只是做到史学的功夫，却没有走进文艺的领域。一般富于考据癖的学者通常都不免犯两种错误。第一种错误就是穿凿附会。他们以为作者一字一画都有来历，于是拉史实来附会它。他们不知道艺术是创造的，虽然可以受史实的影响，却不必完全受史实的支配。《红楼梦》一部书有多少"考证"和"索隐"？它的主人究竟是纳兰成德，是清朝某个皇帝，还是曹雪芹自己？"红学"家大半都忘记艺术生于创造的想象，不必实有其事。考据家的第二种错误在因考据而忘欣赏。他们既然把作品的史实考证出来之后，便以为能事已尽。而不进一步去玩味玩味。他们好比食品化学专家，把一席菜的来源、成分以及烹调方法研究得有条有理之后，便袖手旁观，不肯染指。就我个人说呢，我是一个饕餐汉，对于这般考据家的苦心孤诣虽是十二分的敬佩和感激，我自己却不肯学他们那样"斯文"，我以为最要紧的事还是伸箸把菜取到口里来咀嚼，领略领略它的滋味。

在考据学者们自己看，考据就是一种批评。但是一般人所谓批评，意义实不仅如此。所以我当初想望研究文学批评，而教师却只对我讲版本来源种种问题，我很惊讶，很失望。普通意义的批评究竟是什么呢？这也并没有定准，向来批评学者有派别的不同，所认识的批评的意义也不一致。我们把他们区分起来，可以得四大类：

第一类批评学者自居"导师"的地位。他们对于各种艺术先抱有一种理想而自己却无能力把它实现于创作，于是拿这个理想来期望旁人。他们欢喜向创作家发号施令，说小说应该怎样做，说诗要用音韵或是不要用音韵，说悲剧应该用伟大人物的材料，说文艺要含有道德的教训，如此等类的教条不一而足。他们以为创作家只要遵守这些教条，就可以做出好作品来。坊间所流行的《诗学法程》《小说作法》《作文法》等书籍的作者都属于这一类。

第二类批评学者自居"法官"地位。"法官"要有"法"，所谓"法"便是"纪律"。这班人心中预存几条纪律，然后以这些纪律来衡量一切作品，和它们相符合的就是美，违背它们的就是丑。这种"法官"式的批评家和上文所说的"导师"式的批评家常合在一起。他们最好的代表是欧洲假古典主义的批评家。"古典"是指古希腊和罗马的名著，"古典主义"就是这些名著所表现的特殊风格，"假古典主义"就是要把这种特殊风格定为"纪律"让创作家来模仿。处"导师"的地位，这派批评家向创作家发号施令说："从古人的作品中我们抽绎出这几条纪律，你要谨遵无违，才有成功的希望！"处"法官"的地位，他们向创作家下批语说："亚里士多德明明说过坏人不能做悲剧主角，你莎士比亚何以要用一个杀皇帝的麦克白？做诗用字忌流俗，你在麦克白的独白中用'刀'字，刀是屠户和厨夫的用具，拿来杀皇帝，岂不太损尊严，不合纪律了。"（"刀"字的批评出诸约翰生，不是我的杜撰。）这种批评的价值是很小的。文艺是创造的，谁能拿死纪律来范围活作品？谁读《诗歌作法》如法炮制而做成好诗歌？

第三类批评学者自居"舌人"的地位。"舌人"的功用在把外乡话翻译为本地话，叫人能够懂得。站在"舌人"的地位的批评家说："我不敢发号施令，我也不敢判断是非，我只把作者的性格、时代和环境以及作品的意义解剖出来，让欣赏者看到易于明了。"这一类批评家又可细分为两种。一种如法国的圣佩韦，以自然科学的方法去研究作者的心理，看他的作品与个性、时代和环境有什么关系。一种为注疏家和上文所说的考据家，专以追溯来源、考订字句和解释意义为职务。这两种批评家的功用在帮助了解，他们的价值我们在上文已经说过。

第四类就是近代在法国闹得很久的印象主义的批评。属于这类的学者所居的地位可以说是"饕餮者"的地位。"饕餮者"只贪美味,尝到美味便把它的印象描写出来。他们的领袖是佛朗士,他曾经说过:"依我看来,批评和哲学与历史一样,只是一种给深思好奇者看的小说;一切小说,精密地说起来,都是一种自传。凡是真批评家都只叙述他的灵魂在杰作中的冒险。"这是印象派批评家的信条。他们反对"法官"式的批评,因为"法官"式的批评相信美丑有普遍的标准,印象派则主张各人应以自己的嗜好为标准,我自己觉得一个作品好就说它好,否则它虽然是人人所公认为杰作的荷马史诗,我也只把它和许多我所不欢喜的无名小卒一样看待。他们也反对"舌人"式的批评,因为"舌人"式的批评是科学的、客观的,印象派则以为批评应该是艺术的、主观的,它不应像餐馆的使女只捧菜给人吃,应该亲自尝菜的味道。

一般讨论读书方法的书籍往往劝读者持"批评的态度"。这所谓"批评"究竟取哪一个意义呢?它大半是指"判断是非"。所谓持"批评的态度"去读书,就是说不要"尽信书",要自己去分判书中何者为真、何者为伪,何者为美、何者为丑。这其实就是"法官"式的批评。这种"批评的态度"和"欣赏的态度"(就是美感的态度)是相反的。批评的态度是冷静的,不杂情感的,其实就是我们在开头时所说的"科学的态度";欣赏的态度则注重我的情感和物的姿态的交流。批评的态度须用反省的理解,欣赏的态度则全凭直觉。批评的态度预存有一种美丑的标准,把我放在作品之外去评判它的美丑;欣赏的态度则忌杂有任何成见,把我放在作品里面去分享它的生命。遇到文艺作品如果始终持批评的态度,则我是我而作品是作品,我不能沉醉在作品里面,永远得不到真正的美感的经验。

印象派的批评可以说就是"欣赏的批评"。就我个人说,我是倾向这一派的，不过我也明白它的缺点。印象派往往把快感误认为美感。在文艺方面，各人的趣味本来有高低之别。比如看一幅画，"内行"有"内行"的印象，"外行"有"外行"的印象，这两种印象的价值是否相同呢？我小时候欢喜读《花月痕》和《吕东莱博议》一类的东西，现在回想起来不禁赧颜，究竟是我从前对还是现在对呢？文艺虽无普遍的纪律，而美丑的好恶却有一个道理。遇见一个作品，我们只说："我觉得它好"还不够，我们还应说出我何以觉得它好的道理。说出道理就是一般人所谓批评的态度了。

总而言之，考据不是欣赏，批评也不是欣赏，但是欣赏却不可无考据与批评。从前老先生们太看重考据和批评的功夫，现在一般青年又太不肯做脚踏实地的功夫，以为有文艺的嗜好就可以谈文艺，这都是很大的错误。

对美的态度是从心出发的

"情人眼底出西施"

比如你欣赏一棵古松，一座高山，或是一湾清水，

你所见到的形象已经不是松、山、水的本色，

而是经过人情化的。

我们关于美感的讨论，到这里可以告一段落了，现在最好把上文所说的话回顾一番，看我们已经占住了多少领土。美感是什么呢？从积极方面说，我们已经明白美感起于形象的直觉，而这种形象是孤立自足的，和实际人生有一种距离；我们已经见出美感经验中我和物的关系，知道我的情趣和物的姿态交感共鸣，才见出美的形象。从消极方面说，我们已经明白美感一不带意志欲念，有异于实用态度；二不带抽象思考，有异于科学态度。我们已经知道一般人把寻常快感、联想以及考据与批评认为美感的经验是一种大误解。

美生于美感经验，我们既然明白美感经验的性质，就可以进一步讨论美的本身了。

什么叫作美呢？

在一般人看，美是物所固有的。有些人物生来就美，有些人物生来就丑。比如称赞一个美人，你说她像一朵鲜花，像一颗明星，像一只轻燕，你绝不说她像一个布袋，像一条犀牛或是像一只癞虾蟆。这就分明承认鲜花、明星和轻燕一类事物原来是美的，布袋、犀牛和癞虾蟆一类事物原来是丑

的。说美人是美的，也犹如说她是高是矮是肥是瘦一样，她的高矮肥瘦是她的星宿定的，是她从娘胎带来的，她的美也是如此，和你看者无关。这种见解并不限于一般人，许多哲学家和科学家也是如此想。所以他们费许多心力去实验最美的颜色是红色还是蓝色，最美的形体是曲线还是直线，最美的音调是G调还是F调。

但是这种普遍的见解显然有很大的难点，如果美本来是物的属性，则凡是长眼睛的人们应该都可以看到，应该都承认它美，好比一个人的高矮，有尺可量，是高大家就要都说高，是矮大家就要都说矮。但是美的估定就没有一个公认的标准。假如你说一个人美，我说她不美，你用什么方法可以说服我呢？有些人欢喜辛稼轩而讨厌温飞卿，有些人欢喜温飞卿而讨厌辛稼轩，这究竟谁是谁非呢？同是一个对象，有人说美，有人说丑，从此可知美本在物之说有些不妥了。

因此，有一派哲学家说美是心的产品。美如何是心的产品，他们的说法却不一致。康德以为美感判断是主观的而却有普遍性，因为人心的构造彼此相同。黑格尔以为美是在个别事物上见出"概念"或理想。比如你觉得峨眉山美，由于它表现"庄严""厚重"的概念。你觉得《孔雀东南飞》美，由于它表现"爱"与"孝"两种理想的冲突。托尔斯泰以为美的事物都含有宗教和道德的教训。此外还有许多其他的说法。说法既不一致，就只有都是错误的可能而没有都是不错的可能，好比一个数学题生出许多不同的答数一样。大约哲学家们都犯过信理智的毛病，艺术的欣赏大半是情感的而不是理智的。在觉得一件事物美时，我们纯凭直觉，并不是在下判断，如康德所说的，也不是在从个别事物中见出普遍原理，如黑格尔、托尔斯泰一般人所说的；因为这些都是科学的或实用的活动，而美感并不是科学的或实用的活动。还不仅此。美虽不完全在物却亦非与物无关。你看到峨眉山才觉得庄严、厚重，看到一个小土墩却不能觉得庄严、厚重。从此可知物须先有使人觉得美的可能性，人不能完全凭心灵创造出美来。

依我们看，美不完全在外物，也不完全在人心，它是心物婚媾后所产生的婴儿。美感起于形象的直觉。形象属物而却不完全属于物，因为无我即无由见出形象；直觉属我却又不完全属于我，因为无物则直觉无从活动。美之中要有人情也要有物理，二者缺一都不能见出美。再拿欣赏古松的例子来说，松的苍翠劲直是物理，松的清风亮节是人情。从"我"的方面说，古松的形象并非天生自在的，同是一棵古松，千万人所见到的形象就有千万不同，所以每个形象都是每个人凭着人情创造出来的，每个人所见到的古松的形象就是每个人所创造的艺术品，它有艺术品通常所具的个性，它能表现各个人的性分和情趣。从"物"的方面说，创造都要有创造者和所创造物，所创造物并非从无中生有，也要有若干材料，这材料也要有创造成美的可能性。松所生的意象和柳所生的意象不同，和癞虾蟆所生的意象更不同。所以松的形象这一个艺术品的成功，一半是我的贡献，一半是松的贡献。

这里我们要进一步研究我与物如何相关了。何以有些事物使我觉得美，有些事物使我觉得丑呢？我们最好用一个浅例来说明这个道理。比如我们看六条垂直线，往往把它们看成三个柱子，觉得这三个柱子所围的空间（即A与B、C与D和E与F所围的空间）离我们较近，而B与C以及D与E所围的空间则看成背景，离我们较远。还不仅此。我们把这六条垂直线摆在一块看，它们仿佛自成一个谐和的整体；至于G与H两条没有规律的线则仿佛是这整体以外的东西，如果勉强把它搭上前面的六条线一块儿看，就觉得它不和谐。

1）A与B，C与D，E与F距离都相等。

2）B与C，D与E距离相等，略大于A与B的距离。

3）F与G的距离较B与C的距离大。

4）A、B、C、D、E、F为六条平行垂直线，G与H为两条没有规律的线。

从这个有趣的事实，我们可以得出两个很重要的道理：

第一，最简单的形象的直觉都带有创造性。把六条垂直线看成三个柱子，就是直觉到一种形象。它们本来同是垂直线，我们把A和B选在一块儿看，却不把B和C选在一块儿看；同是直线所围的空间，本来没有远近的分别，我们却把A、B中空间看得近，把B、C中空间看得远。从此可知在外物者原来是散漫混乱，经过知觉的综合作用，才现出形象来。形象是心灵从混乱的自然中所创造成的整体。

第二，心灵把混乱的事物综合成整体的倾向却有一个限制，事物也要本来就有可综合为整体的可能性。A至F六条线可以看成一个整体，G与H两条线何以不能纳入这个整体里面去呢？这里我们很可以见出在觉美觉丑时心和物的关系。我们从左看到右时，看出CD和AB相似，DE又和BC相似。这两种相似的感觉便在心中形成一个有规律的节奏，使我们预料此后都可由此例推，右边所有的线都顺着左边诸线的节奏。视线移到EF两线时，所预料的果然出现，EF果然与CD也相似。预料而中，自然发生一种快感。但是我们再向右看，看到G与H两线时，就猛觉与前不同，不但G和F的距离猛然变大，原来是像柱子的平行垂直线，现在却是两条毫无规律的线。这是预料不中，所以引起不快感。因此G与H两线不但在物理方面和其他六条线不同，在情感上也和它们不能谐和，所以就被摈于整体之外。

这里所谓"预料"自然不是有意的，好比深夜下楼一样，步步都踏着一步梯，就无意中预料以下都是如此，倘若猛然遇到较大的距离，或是踏到平地，才觉得这是出于意料。许多艺术都应用规律和节奏，而规律和节奏所生的心理影响都以这种无意的预料为基础。

懂得这两层道理，我们就可以进一步来研究美与自然的关系了。一般人常欢喜说"自然美"，好像以为自然中已有美，纵使没有人去领略它，美也还是在那里。这种见解就是我们在上文已经驳过的美本在物的说法。其实"自

然美"三个字，从美学观点看，是自相矛盾的，是"美"就不"自然"，只是
"自然"就还没有成为"美"。说"自然美"就好比说上文六条垂直线已有三
个柱子的形象一样。如果你觉得自然美，自然就已经过艺术化，成为你的作
品，不复是生糙的自然了。比如你欣赏一棵古松，一座高山，或是一湾清水，
你所见到的形象已经不是松、山、水的本色，而是经过人情化的。各人的情趣
不同，所以各人所得于松、山、水的也不一致。

　　流行语中有一句话说得极好："情人眼底出西施。"美的欣赏极似"柏拉图
式的恋爱"。你在初尝恋爱的滋味时，本来也是寻常血肉做的女子却变成你的
仙子。你所理想的女子的美点她都应有尽有。在这个时候，你眼中的她也不复
是她自己原身而是经你理想化过的变形。你在理想中先酝酿成一个尽美尽善的
女子，然后把她外射到你的爱人身上去，所以你的爱人其实不过是寄托精灵的
躯壳。你只见到精灵，所以觉得无瑕可指；旁人冷眼旁观，只见到躯壳，所以
往往诧异道："他爱上她，真是有些奇怪。"一言以蔽之，恋爱中的对象是已经
艺术化过的自然。

　　美的欣赏也是如此，也是把自然加以艺术化。所谓艺术化，就是人情化
和理想化。不过美的欣赏和寻常恋爱有一个重要的异点。寻常恋爱都带有很
强烈的占有欲，你既恋爱一个女子，就有意无意地存有"欲得之而甘心"的
态度。美感的态度则丝毫不带占有欲。一朵花无论是生在邻家的园子里或是
插在你自己的瓶子里，你只要能欣赏，它都是一样美。老子所说的"为而不
有，功成而不居"，可以说是美感态度的定义。古董商和书画金石收藏家大半
都抱有"奇货可居"的态度，很少能真正欣赏艺术的。我在上文说过，美
的欣赏极似"柏拉图式的恋爱"，所谓"柏拉图式的恋爱"对于所爱者也只是
无所为而为的欣赏，不带占有欲。这种恋爱是否可能，颇有人置疑，但是历
史上有多少著例，凡是到极浓度的初恋者也往往可以达到胸无纤尘的境界。

Part 3

人要活出一种
美的意境

美从自然中来

"依样画葫芦"

从美学观点看，"自然美"虽是一个自相矛盾的名词，但是通常说"自然美"时所用的"美"字却另有一种意义，和说"艺术美"时所用的"美"字不应该混为一事，这个分别非常重要，我们须把它剖析清楚。

自然本来混整无别，许多分别都是从人的观点看出来的。离开人的观点而言，自然本无所谓真伪，真伪是科学家所分别出来以便利思想的；自然本无所谓善恶，善恶是伦理学家所分别出来以规范人类生活的。同理，离开人的观点而言，自然也本无所谓美丑，美丑是观赏者凭自己的性分和情趣见出来的。自然界唯一无二的固有的分别，只是常态与变态的分别。通常所谓"自然美"就是指事物的常态，所谓"自然丑"就是指事物的变态。

举个例子来说，比如我们说某人的鼻子生得美，它大概应该像什么样子呢？太大的、太小的、太高的、太低的、太肥的、太瘦的鼻子都不能算得美。美的鼻子一定大小肥瘦高低件件都合式。我们说它不太高，说它件件都合式，这就是承认鼻子的大小高低等等原来有一个标准。这个标准是如何定出来的呢？你如果仔细研究，就可以发现它是取决于多数，像选举投票一样。如果一百人之中有过半数的鼻子是一寸高，一寸就成了鼻高的标准。不及一寸高的鼻子就使人嫌它太低，超过一寸高的鼻子就使人嫌它太高。鼻子通常都是从上面逐渐高到下面来，所以称赞生得美的鼻子，我们往往说它"如悬胆"。如果鼻子上下都是一样粗细，像腊肠一样，或是鼻孔朝天露出，那就太稀奇古怪了，稀奇古怪便是变态。通常人说一件事丑，其实不过是因为它稀奇古怪。

照这样说，世间美鼻子应该多于丑鼻子，何以实际上不然呢？自然美的难，难在件件都合式。高低合式的大小或不合式，大小合式的肥瘦或不合式。所谓"式"就是标准，就是常态，就是最普遍的性质。自然美为许多最普遍的性质之总和。就每个独立的性质说，它是最普遍的；但是就总和说，它却不可多得，所以成为理想，为人称美。

一切自然事物的美丑都可以作如是观。宋玉形容一个美人说：天下之佳人莫若楚国，楚国之丽者莫若臣里，臣里之美者莫若臣东家之子。东家之子增之一分则太长，减之一分则太短，著粉则太白，施朱则太赤。

照这样说，美人的美就在安不上"太"字，一安上"太"字就不免有些丑了。"太"就是超过常态，就是稀奇古怪。

人物都以常态为美。健全是人体的常态，耳聋、口吃、面麻、颈肿、背驼，足跛，都不是常态，所以都使人觉得丑。一般生物的常态是生气蓬勃，活泼灵巧。所以就自然美而论，猪不如狗，龟不如蛇，桑不如柳，老年人不如少年人。非生物也是如此。山的常态是巍峨，所以巍峨最易显出山的美；水的常态是浩荡明媚，所以浩荡明媚最易显出水的美。同理，花宜清香，月宜皎洁，春风宜温和，秋雨宜凄厉。

通常所谓"自然美"和"自然丑"，分析起来，意义不过如此。艺术上所谓美丑，意义是否相同呢？

一般人大半以为自然美和艺术美的对象和成因虽不同，而其为美则一。

自然丑和艺术丑也是如此。这个普遍的误解酿成艺术史上两种表面相反而实在都是错误的主张，一是写实主义，一是理想主义。

写实主义是自然主义的后裔。自然主义起于法国人卢梭。他以为上帝经手创造的东西，本来都是尽美尽善，人伸手进去搅扰，于是它们才被弄糟。人工造作，无论如何精巧，终比不上自然。自然既本来就美，艺术家最聪明的办法就是模仿它。在英国人罗斯金看，艺术原来就是从模仿自然发展起来的。人类本来住在露天的树林中，后来他们建筑房屋，仍然是以树林和天空为模型。建筑如此，其他艺术亦然。人工不敌自然，所以用人工去模仿自然时，最忌讳凭己意选择去取。罗斯金说：

纯粹主义者拣选精粉，感官主义者杂取秕糠，至于自然主义则兼容并包，是粉就拿来制饼，是草就取来塞床。

这段话后来变成写实派的信条。写实主义最盛于19世纪后半叶的法国，尤其是在小说方面。左拉是大家公认的代表。所谓写实主义就是完全照实在描写，愈像愈妙。比如描写一个酒店就要活像一个酒店，描写一个妓女就要活像一个妓女。既然是要像，就不能不详尽精确，所以写实派作者欢喜到实地搜集"凭据"，把它们很仔细地写在笔记簿上，然后把它们整理一番，就成了作品。他们写一间房屋时至少也要用三五页的篇幅，才肯放松它。

这种艺术观的难点其多，最显著的有两端。第一，艺术的最高目的既然只在模仿自然，自然本身既已美了，又何必有艺术呢？如果妙肖自然，是艺术家的唯一能事，则寻常照相家的本领都比吴道子、唐六如高明了。第二，美丑是相对的名词，有丑然后才显得出美。如果你以为自然全体都是美，你看自然时便没有美丑的标准，便否认有美丑的比较，连"自然美"这个名词也没有意义了。

理想主义有见于此。依它说，自然中有美有丑，艺术只模仿自然的美，丑的东西应丢开。美的东西之中又有些性质是重要的，有些性质是琐屑的，艺术家只选择重要的，琐屑的应丢开。这种理想主义和古典主义通常携手并行。古典主义最重"类型"，所谓"类型"就是全类事物的模子。一件事物可以代表一切其他同类事物时就可以说是类型。比如说画马，你不应该画得只像这匹马或是只像那匹马，你该画得像一切马，使每个人见到你的画都觉得他所知道的马恰是像那种模样。要画得像一切马，就须把马的特征、马的普遍性画出来，至于这匹马或那匹马所特有的个性则"琐屑"不足道。假如你选择某一匹马来做模型，它一定也要富于代表性。这就是古典派的类型主义。从此可知类型就是我们在上文所说的事物的常态，就是一般人的"自然美"。

这种理想主义似乎很能邀信任常识者的同情，但是它和近代艺术思潮颇多冲突。艺术不像哲学，它的生命全在具体的形象，最忌讳的是抽象化。凡是一个模样能套上一切人物时就不能适合于任何人，好比衣帽一样。古典派的类型有如几何学中的公理，虽然应用范围很广泛，却不能引起观者的切身的情趣。许多人所公有的性质，在古典派看虽是精深，而在近代人看却极平凡、粗浅。近代艺术所搜求的不是类型而是个性，不是彰明较著的色彩而是毫厘之差的阴影。直鼻子、横眼睛是古典派所谓类型。如果画家只能够把鼻子画直，眼睛画横，结果就难免千篇一律，毫无趣味。他应该能够把这个直鼻子所以异于其他直鼻子的，这个横眼睛所以异于其他横眼睛的地方表现出来，才算是有独到的功夫。

在表面上看，理想主义和写实主义似乎相反，其实它们的基本主张是相同的，它们都承认自然中本来就有所谓美，它们都以为艺术的任务在模仿，艺术美就是从自然美模仿得来的。它们的艺术主张都可以称为"依样画葫芦"的主义。它们所不同者，写实派以为美在自然全体，只要是葫芦，都可以拿来作为画的模型；理想派则以为美在类型，画家应该选择一个最富于代表性的葫芦。严格地说，理想主义只是一种精练的写实主义，以理想派攻击写实派，不过是以五十步笑百步罢了。

艺术对于自然，是否应该持"依样画葫芦"的态度呢？艺术美是否从模仿自然美得来的呢？要回答这个问题，我们应该注意到两件事实：

第一，自然美可以化为艺术丑。长在藤子上的葫芦本来很好看，如果你的手艺不高明，画在纸上的葫芦就不很雅观。许多香烟牌和月份牌上面的美人画就是如此，以人而论，面孔倒还端正，眉目倒还清秀；以画而论，则往往恶劣不堪。毛延寿有心要害王昭君，才把她画丑。世间有多少王昭君都被有善意而无艺术手腕的毛延寿糟蹋了。

第二，自然丑也可以化为艺术美。本来是一个很丑的葫芦，经过大画家点铁成金的手腕，往往可以成为杰作。大醉大饱之后睡在床上放屁的乡下老太婆未必有什么风韵，但是我们谁不高兴看醉卧怡红院的刘姥姥？从前艺术家大半都怕用丑材料，近来艺术家才知道熔自然丑于艺术美，可以使美者更见其美。荷兰画家伦勃朗欢喜画老朽人物，法国文学家波德莱尔欢喜拿死尸一类的事物做诗题，雕刻家罗丹和爱朴斯丹也常用在自然中为丑的人物，都是最显著的例子。

这两件事实所证明的是什么呢？

第一，艺术的美丑和自然的美丑是两件事。

第二，艺术的美不是从模仿自然美得来的。

从这两点看，写实主义和理想主义都是一样错误，它们的主张恰与这两层道理相反。要明白艺术的真性质，先要推翻它们的"依样画葫芦"的办法，无论这个葫芦是经过选择，或是没有经过选择。

我们说"艺术美"时，"美"字只有一个意义，就是事物现形象于直觉的一个特点。事物如果要能现形象于直觉，它的外形和实质必须融化成一气，它的姿态必可以和人的情趣交感共鸣。这种"美"都是创造出来的，不是天生

自在俯拾即是的，它都是"抒情的表现"。我们说"自然美"时，"美"字有两种意义。第一种意义的"美"就是上文所说的常态，例如背通常是直的，直背美于驼背。第二种意义的"美"其实就是艺术美。我们在欣赏一片山水而觉其美时，就已经把自己的情趣外射到山水里去，就已把自然加以人情化和艺术化了。所以有人说："一片自然风景就是一种心境。"一般人的错误在只知道第一种意义的自然美，以为艺术美和第二种意义的自然美原来也不过如此。

法国画家德拉克洛瓦说得好："自然只是一部字典而不是一部书。"人人尽管都有一部字典在手边，可是用这部字典中的字来做出诗文，则全凭各人的情趣和才学。做得好诗文的人都不能说是模仿字典。说自然本来就美（"美"字用"艺术美"的意义）者也犹如说字典中原来就有《陶渊明集》和《红楼梦》一类作品在内。这显然是很荒谬的。

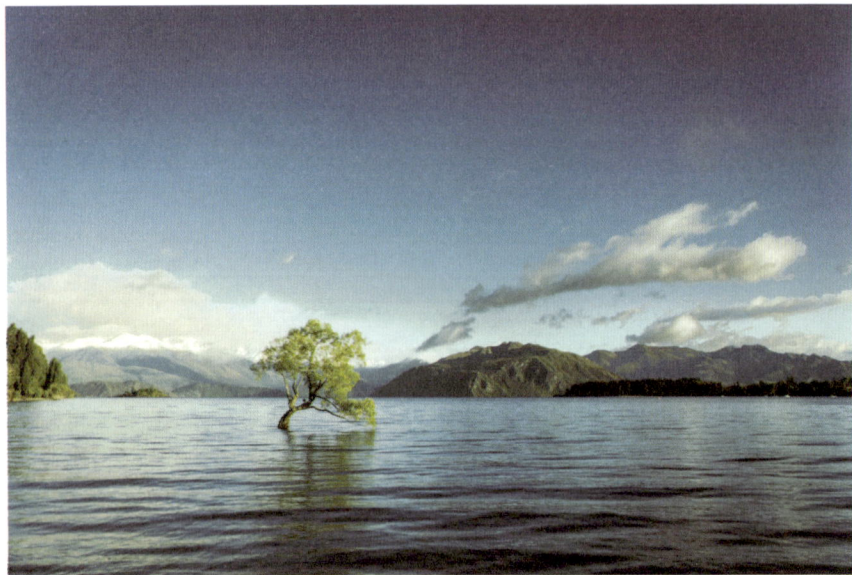

人要活出一种美的意境
"大人者不失其赤子之心"

一片自然风景就是一种心境。

　　一直到现在，我们所讨论的都偏重欣赏。现在我们可以换一个方向来讨论创造了。

　　既然明白了欣赏的道理，进一步来研究创造，便没有什么困难，因为欣赏和创造的距离并不像一般人所想象的那么远。欣赏之中都寓有创造，创造之中也都寓有欣赏。创造和欣赏都是要见出一种意境，造出一种形象，都要根据想象与情感。比如说姜白石的"数峰清苦，商略黄昏雨"一句词含有一个受情感饱和的意境。姜白石在做这句词时，先须从自然中见出这种意境，然后拿这九个字把它翻译出来。在见到意境的一刹那中，他是在创造也是在欣赏。我在读这句词时，这九个字对于我只是一种符号，我要能认识这种符号，要凭想象与情感从这种符号中领略出姜白石原来所见到的意境，须把他的译文翻回到原文。我在见到他的意境一刹那中，我是在欣赏也是在创造。倘若我丝毫无所创造，他所用的九个字对于我就漫无意义了。一首诗做成之后，不是就变成个个读者的产业，使他可以坐享其成。它也好比一片自然风景，观赏者要拿自己的想象和情趣来交接它，才能有所得。他所得的深浅和他自己的想象与情趣成比例。读诗就是再做诗，一首诗的生命不是作者一个人所能维持住，也要读者帮忙才行。读者的想象和情感是生生不息的，一首诗的生命也就是生生不息的，它并非是一成不变的。一切艺术作品都是如此，没有创造就不能有欣赏。

创造之中都寓有欣赏，但是创造却不全是欣赏。欣赏只要能见出一种意境，而创造却须再进一步，把这种意境外射出来，成为具体的作品。这种外射也不是易事，它要有相当的天才和人力，我们到以后还要详论它，现在只就艺术的雏形来研究欣赏和创造的关系。

艺术的雏形就是游戏。游戏之中就含有创造和欣赏的心理活动。人们不都是艺术家，但每一个人都做过儿童，对于游戏都有几分经验。所以要了解艺术的创造和欣赏，最好是先研究游戏。

骑马的游戏是很普遍的，我们就把它做例来说。儿童在玩骑马的把戏时，他的心理活动可以用这么一段话说出来："父亲天天骑马在街上走，看他是多么好玩！多么有趣！我们也骑来试试看。他的那匹大马自然不让我们骑。小弟弟，你弯下腰来，让我骑！嘚！嘚！走快些！你没有气力了吗？我去换一匹马罢。"于是厨房里的竹帚夹在胯下又变成一匹马了。

从这个普遍的游戏中间，我们可以看出几个游戏和艺术的类似点。

第一，像艺术一样，游戏把所欣赏的意象加以客观化，使它成为一个具体的情境。小孩子心里先印上一个骑马的意象，这个意象变成他的情趣的集中点（这就是欣赏）。情趣集中时意象大半孤立，所以本着单独观念实现于运动的普遍倾向，从心里外射出来，变成一个具体的情境（这就是创造），于是有骑马的游戏。骑马的意象原来是心镜从外物界所摄来的影子。在骑马时儿童仍然把这个影子交还给外物界。不过这个影子在摄来时已顺着情感的需要而有所选择去取，在脑里打一个翻转之后，又经过一番意匠经营，所以不复是生糙的

自然。一个人可以当马骑，一个竹帚也可以当马骑。换句话说，儿童的游戏不完全是模仿自然，它也带有几分创造性。他不仅做骑马的游戏，有时还拣一支粉笔或土块在地上画一个骑马的人。他在一个圆圈里画两点一直一横就成了一个面孔，在下面再安上两条线就成了两条腿。他原来看人物时只注意到这些最刺眼的运动的部分，他是一个印象派的作者。

第二，像艺术一样，游戏是一种"想当然耳"的勾当。儿童在拿竹帚当马骑时，心里完全为骑马这个有趣的意象占住，丝毫不注意到他所骑的是竹帚而不是马。他聚精会神到极点，虽是在游戏而却不自觉是在游戏。本来是幻想的世界，却被他看成实在的世界了。他在幻想世界中仍然持着郑重其事的态度。全局尽管荒唐，而各部分却仍须合理。有两位小姊妹正在玩做买卖的把戏，她们的母亲从外面走进来向扮店主的姐姐亲了个嘴，扮顾客的妹妹便抗议说："妈妈，你为什么同开店的人亲嘴？"从这个实例看，我们可以知道儿戏很类似写剧本或是写小说，在不近情理之中仍须不悖乎情理，要有批评家所说的"诗的真实"。成人们往往嗤不郑重的事为儿戏，其实成人自己很少像儿童在游戏时那么郑重、那么专心、那么认真。

第三，像艺术一样，游戏带有移情作用，把死板的宇宙看成活跃的生灵。我们成人把人和物的界线分得很清楚，把想象的和实在的分得很清楚。在儿童心中这种分别是很模糊的。他把物视同自己一样，以为它们也有生命，也能痛能痒。他拿竹帚当马骑时，你如果在竹帚上扯去一条竹枝，那就是在他的马身上扯去一根毛，在骂你一场之后，他还要向竹帚说几句温言好语。他看见星说是天顺眼，看见露说是花垂泪。这就是我们在前面说过的"宇宙的人情化"。人情化可以说是儿童所特有的体物的方法。人越老就越不能起移情作用，我和物的距离就日见其大，实在的和想象的隔阂就日见其深，于是这个世界也就越没有趣味了。

第四，像艺术一样，游戏是在现实世界之外另造一个理想世界来安慰情感。骑竹马的小孩子一方面觉得骑马的有趣，一方面又苦于骑马的不可能，骑马的游戏是他弥补现实缺陷的一种方法。近代有许多学者说游戏起于精力的过剩，有力没处用，才去玩把戏。这话虽然未可尽信，却含有若干真理。人生来就好动，生而不能动，便是苦恼。疾病、老朽、幽囚都是人所最厌恶的，就是它们夺去动的可能。动愈自由即愈使人快意，所以人常厌恶有限而追求无限。现实界是有限制的，不能容人尽量自由活动。人不安于此，于是有种种苦闷厌倦。要消遣这种苦闷厌倦，人于是自架空中楼阁。苦闷起于人生对于"有限"的不满，幻想就是人生对于"无限"的寻求，游戏和文艺就是幻想的结果。它们的功用都在帮助人摆脱实在的世界的枷锁，跳出到可能的世界中去避风息凉。人愈到闲散时愈觉单调生活不可耐，愈想在呆板平凡的世界中寻出一点出乎常轨的偶然的波浪，来排忧解闷。所以游戏和艺术的需要在闲散时愈紧迫。就这个意义说，它们确实是一种"消遣"。

儿童在游戏时臆造空中楼阁，大概都现出这几个特点。他们的想象力还没有受经验和理智束缚死，还能去来无碍。只要有一点实事实物触动他们的思路，他们立刻就生出一种意境，在一弹指间就把这种意境渲染成五光十彩。念头一动，随便什么事物都变成他们的玩具，你给他们一个世界，他们立刻就可以造出许多变化离奇的世界来交还你。他们就是艺术家。一般艺术家都是所谓"大人者不失其赤子之心"。

艺术家虽然"不失其赤子之心"，但是他究竟是"大人"，有赤子所没有的老练和严肃。游戏究竟只是雏形的艺术而不就是艺术。它和艺术有三个重要的异点。

第一，艺术都带有社会性，而游戏却不带社会性。儿童在游戏时只图自己高兴，并没有意思要拿游戏来博得旁观者的同情和赞赏。在表面看，这似乎是偏于唯我主义，但是这实在由于自我观念不发达。他们根本就没有把物和我分得很清楚，所以说不到求人同情于我的意思。艺术的创造则必有欣赏者。艺术家见到一种意境或是感到一种情趣，自得其乐还不甘心，他还要旁人也能见到这种意境，感到这种情趣。他固然不迎合社会心理去沽名钓誉，但是他是一个热情者，总不免希望世有知音同情。因此艺术不像克罗齐派美学家所说的，只达到"表现"就可以了事，它还要能"传达"。在原始时期，艺术的作者就是全民众，后来艺术家虽自成一阶级，他们的作品仍然是全民众的公有物。艺术好比一棵花，社会好比土壤，土壤比较肥沃，花自然也比较茂盛。艺术的风尚一半是作者造成的，一半也是社会造成的。

第二，游戏没有社会性，只顾把所欣赏的意象"表现"出来；艺术有社会性，还要进一步把这种意象传达于天下后世，所以游戏不必有作品而艺术则必有作品。游戏只是逢场作戏，比如儿童堆砂为屋，还未堆成，即已推倒，既已尽兴，便无留恋。艺术家对于得意的作品常加意珍护，像慈母待婴儿一般。音乐家贝多芬常言生存是一大痛苦，如果他不是心中有未尽之蕴要谱于乐曲，他久已自杀。司马迁也是因为要做《史记》，所以隐忍受腐刑的羞辱。从这些实例看，可知艺术家对于艺术比一切都看重。他们自己知道珍贵美的形象，也希望旁人能同样地珍贵它。他自己见到一种精灵，并且想使这种精灵在人间永存不朽。

第三，艺术家既然要借作品"传达"他的情思给旁人，使旁人也能同赏共乐，便不能不研究"传达"所必需的技巧。他第一要研究他所借以传达的媒介，第二要研究应用这种媒介如何可以造成美形式出来。比如说做诗文，语言就是媒介。这种媒介要恰能传出情思，不可任意乱用。相传欧阳修《昼锦堂记》首两句本是"仕宦至将相，富贵归故乡"，送稿的使者已走过几百里路了，他还要打发人骑快马去添两个"而"字。文人用字不苟且，通常如此。儿童在游戏时对于所用的媒介绝不这样谨慎选择。他戏骑马时遇着竹帚就用竹帚，遇着板凳就用板凳，反正这不过是一种代替意象的符号，只要他自己以为那是马就行了，至于旁人看见时是否也恰能想到马的意象，他却丝毫不介意。倘若画家意在马而画一个竹帚出来，谁人能了解他的原意呢？艺术的内容和形式都要恰能融合一气，这种融合就是美。

总而言之，艺术虽伏根于游戏本能，但是因为同时带有社会性，须留有作品传达情思于观者，不能不顾到媒介的选择和技巧的锻炼。它逐渐发达到现在，已经在游戏前面走得很远，令游戏望尘莫及了。

给想象一点诗意

空中楼阁

从理智方面看，

创造的想象可以分析为两种心理作用：

一是分想作用；一是联想作用。

艺术和游戏都是臆造空中楼阁来慰情遣兴。现在我们来研究这种楼阁是如何建筑起来的，这就是说，看看诗人在做诗或是画家在作画时的心理活动到底像什么样。

为说话易于明了起见，我们最好拿一个艺术作品做实例来讲。本来各种艺术都可以供给这种实例，但是能拿真迹摆在我们面前的只有短诗。所以我们姑且选一首短诗，不过心里要记得其他艺术作品的道理也是一样。比如王渔洋所推许为唐人七绝"压卷"作的王昌龄的《长信怨》：

　　奉帚平明金殿开，暂将团扇共徘徊。玉颜不及寒鸦色，犹带昭
阳日影来。

大家都知道，这首诗的主人是班婕妤。她从失宠于汉成帝之后，谪居长信宫奉侍太后。昭阳殿是汉成帝和赵飞燕住的地方。这首诗是一个具体的艺术作品。王昌龄不曾留下记载来，告诉我们他作时心理历程如何，他也许并没有留意到这种问题。但是我们用心理学的帮助来从文字上分析，也可以想见大

概。他作这首诗时有哪些心理的活动呢？

他必定使用想象。什么叫作想象呢？它就是在心里唤起意象。比如看到寒鸦，心中就印下一个寒鸦的影子，知道它像什么样，这种心镜从外物摄来的影子就是"意象"。意象在脑中留有痕迹，我眼睛看不见寒鸦时仍然可以想到寒鸦像什么样，甚至于你从来没有见过寒鸦，别人描写给你听，说它像什么样，你也可以凑合已有意象推知大概。这种回想或凑合以往意象的心理活动叫作"想象"。

想象有再现的，有创造的。一般的想象大半是再现的。原来从知觉得来的意象如此，回想起来的意象仍然是如此，比如我昨天看见一只鸦，今天回想它的形状，丝毫不用自己的意思去改变它，就是只用再现的想象。艺术作品不能不用再现的想象。比如这首诗里"奉帚""金殿""玉颜""寒鸦""日影""团扇""徘徊"等等，在独立时都只是再现的想象。"团扇"一个意象尤其如此。班婕妤自己在《怨歌行》里已经用过秋天丢开的扇子自比，王昌龄不过是借用这个典故。诗做出来总须旁人能懂得，"懂得"就是能够唤起以往的经验来印证。用以往的经验来印证新经验大半凭借再现的想象。

但是只有再现的想象绝不能创造艺术。艺术既是创造的，就要用创造的想象。创造的想象也并非从无中生有，它仍用已有意象，不过把它们加以新配合。王昌龄的《长信怨》精彩全在后两句，这后两句就是用创造的想象做成的。个个人都见过"寒鸦"和"日影"，从来却没有人想到班婕妤的"怨"可以见于带昭阳日影的寒鸦。但是这话一经王昌龄说出，我们就觉得它实在是至情至理。从这个实例看，创造的定义就是：平常的旧材料之不平常的新综合。

王昌龄的题目是《长信怨》。"怨"字是一个抽象的字，他的诗却画出一个如在目前的具体的情境，不言怨而怨自见。艺术不同哲学，它最忌讳抽象。抽象的概念在艺术家的脑里都要先翻译成具体的意象，然后才表现于作品。具体的意象才能引起深切的情感。比如说"贫富不均"一句话入耳时只是一笔冷冰冰的总账，杜工部的"朱门酒肉臭，路有冻死骨"才是一幅惊心动魄的图画。思想家往往不是艺术家，就因为不能把抽象的概念翻译为具体的意象。

从理智方面看，创造的想象可以分析为两种心理作用：一是分想作用；一是联想作用。我们所有的意象都不是独立的，都是嵌在整个经验里面的，都是和许多其他意象固结在一起的。比如我昨天在树林里看见一只鸦，同时还看见许多其他事物，如树林、天空、行人等等。如果这些记忆都全盘复现于意识，我就无法单提鸦的意象来应用。好比你只要用一根丝，它裹在一团丝里，要单抽出它而其他的丝也连带地抽出来一样。"分想作用"就是把某一个意象（比如说鸦）和与它相关的许多意象分开而单提出它来。这种分想作用是选择的基础。许多人不能创造艺术就因为没有这副本领。他们常常说："一部十七史从何处说起？"他们一想到某一个意象，其余许多平时虽有关系而与本题却不相干的意象都一齐涌上心头来，叫他们无法脱围。小孩子读死书，往往要从头背诵到尾，才想起一篇文章中某一句话来，也就是吃不能"分想"的苦。

有分想作用而后有选择，只是选择有时就已经是创造。雕刻家在一块顽石中雕出一座爱神来，画家在一片荒林中描出一幅风景画来，都是在混乱的情境中把用得着的成分单提出来，把用不着的成分丢开，来造成一个完美的形象。诗有时也只要有分想作用就可以作成。例如"采菊东篱下，悠然见南山"，"寒波澹澹起，白鸟悠悠下"，"风吹草低见牛羊"诸名句都是从混乱的自然中划出美的意象来，全无机械的痕迹。

不过创造大半是旧意象的新综合，综合大半借"联想作用"。我们在上文谈美感与联想时已经说过错乱的联想妨碍美感的道理，但是我们却保留过一条重要的原则："联想是知觉和想象的基础。艺术不能离开知觉和想象，就不能离开联想。"现在我们可以详论这番话的意义了。

我们曾经把联想分为"接近"和"类似"两类。比如这首诗里所用的"团扇"这个意象，在班婕妤自己第一次用它时，是起于类似联想，因为她见到自己色衰失宠类似秋天的弃扇；在王昌龄用它时则起于接近联想，因为他读过班婕妤的《怨歌行》，提起班婕妤就因经验接近而想到团扇的典故。不过他自然也可以想到她和团扇的类似。

"怀古""忆旧"的作品大半起于接近联想，例如看到赤壁就想起曹操和苏东坡，看到遗衣挂壁就想到已故的妻子。类似联想在艺术上尤其重要。《诗经》中"比""兴"两体都是根据类似联想。比如《关关雎鸠》章就是拿雎鸠的挚爱比夫妇的情谊。《长信怨》里的"玉颜"在现在已成滥调，但是第一次用这两个字的人却费了一番想象。"玉"和"颜"本来是风马牛不相及，只因为在色泽肤理上相类似，就嵌合在一起了。语言文字的引申义大半都是这样起来的。例如"云破月来花弄影"一句词中三个动词都是起于类似联想的引申义。

因为类似联想的结果，物固然可以变成人，人也可变成物。物变成人通常叫作"拟人"。《长信怨》的"寒鸦"是实例。鸦是否能寒，我们不能直接感觉到，我们觉得它寒，便是设身处地地想。不但如此，寒鸦在这里是班婕妤所羡慕而又妒忌的受恩承宠者，它也许是隐喻赵飞燕。一切移情作用都起类似联想，都是"拟人"的实例。例如"感时花溅泪，恨别鸟惊心"和"水是眼波横，山是眉峰聚"一类的诗句都是以物拟人。

人变成物通常叫作"托物"。班婕妤自比"团扇"，就是托物的实例。"托物"者大半不愿直言心事，故婉转以隐语出之。曹子建被迫于乃兄，在走七步路的时间中做成一首诗说：

> 煮豆燃豆萁，豆在釜中泣，本是同根生，相煎何太急！

清朝有一位诗人不敢直骂爱新觉罗氏以胡人夺了明朝的江山，乃在咏

《紫牡丹》诗里寄意说：

> 夺朱非正色，异种亦称王。

这都是托物的实例。最普通的托物是"寓言"，寓言大半拿动植物的故事来隐射人类的是非善恶。托物是中国文人最欢喜的玩意儿。庄周、屈原首开端倪。但是后世注疏家对于古人诗文往往穿凿附会太过，黄山谷说得好：

> 彼喜穿凿者弃其大旨，取其发兴，于所遇林泉人物草木鱼虫，
> 以为物物皆有所托，如世间商度隐语者，则诗委地矣！

"拟人"和"托物"都属于象征。所谓"象征"，就是以甲为乙的符号。甲可以做乙的符号，大半起于类似联想。象征最大的用处就是以具体的事物来代替抽象的概念。我们在上文说过，艺术最怕抽象和空泛，象征就是免除抽象和空泛的无二法门。象征的定义可以说是："寓理于象"。梅圣俞《续金针诗格》里有一段话很可以发挥这个定义：

> 诗有内外意，内意欲尽其理，外意欲尽其象。内外意含蓄，方
> 入诗格。

上面诗里的"昭阳日影"便是象征皇帝的恩宠。"皇帝的恩宠"是"内意"，是"理"，是一个空泛的抽象概念，所以王昌龄拿"昭阳日影"这个具体的意象来代替它，"昭阳日影"便是"象"，便是"外意"。不过这种象征是若隐若现的。诗人用"昭阳日影"时，原来因为"皇帝的恩宠"一类的字样不足以尽其意蕴，如果我们一定要把它明白指为"皇帝的恩宠"的象征，这又未免剪云为裳，以迹象绳玄渺了。诗有可以解说出来的地方，也有不可以解说出来的地方。不可以言传的全赖读者意会。在微妙的境界我们尤其不可拘虚绳墨。

带着诗心去读诗

"超以象外，得其环中"

总之，艺术的任务是在创造意象，

但是这种意象必定是受情感饱和的。

诗人于想象之外又必有情感。

分想作用和联想作用只能解释某意象的发生如何可能，不能解释作者在许多可能的意象之中何以独抉择该意象。再就上文所引的王昌龄的《长信怨》来说，长信宫四围的事物甚多，他何以单择寒鸦？和寒鸦可发生联想的事物甚多，他何以单择昭阳日影？联想并不是偶然的，有几条路可走时而联想只走某一条路，这就由于情感的阴驱潜率。在长信宫四围的许多事物之中只有带昭阳日影的寒鸦可以和弃妇的情怀相照映，只有它可以显出一种"怨"的情境。在艺术作品中人情和物理要融成一气，才能产生一个完整的境界。

这个道理可以再用一个实例来说明，比如王昌龄的《闺怨》：

闺中少妇不知愁，春日凝妆上翠楼，忽见陌头杨柳色，悔教夫婿觅封侯！

杨柳本来可以引起无数的联想，桓温因杨柳而想到"树犹如此，人何以堪"。萧道成因杨柳而想起"此柳风流可爱，似张绪当年"。韩君平因杨柳而想起"昔日青青今在否"的章台妓女，何以这首诗的主人独懊悔当初劝丈夫出去谋官呢？因为"夫婿"的意象对于"春日凝妆上翠楼"的闺中少妇是一种受情感饱和的意象，而杨柳的浓绿又最易惹起春意，所以经它一触动，"夫婿"的意象就立刻浮上她的心头了。情感是生生不息的，意象也是生生不息的。换一种情感就是换一种意象，换一种意象就是换一种境界。即景可以生情，因情也可以生景。所以诗是做不尽的。有人说，风花雪月等等都已经被前人说滥了，所有的诗都被前人做尽了，诗是没有未来的了。这般人不但不知诗为何物，也不知生命为何物。诗是生命的表现。生命像柏格森所说的，时时在变化中即时时在创造中。说诗已经做穷了，就不啻说生命已到了末日。

王昌龄既不是班婕妤，又不是"闺中少妇"，何以能感到她们的情感呢？这又要回到"子非鱼，安知鱼之乐"的老问题上了。诗人和艺术家都有"设身处地"和"体物入微"的本领。他们在描写一个人时，就要钻进那个人的心孔，在霎时间就要变成那个人，亲自享受他的生命，领略他的情感。所以我们读他们的作品时，觉得它深中情理。在这种心灵感通中我们可以见出宇宙生命的连贯。诗人和艺术家的心就是一个小宇宙。

一般批评家常欢喜把文艺作品分为"主观的"和"客观的"两类，以为写自己经验的作品是主观的，写旁人的作品是客观的。这种分别其实非常肤浅。凡是主观的作品都必同时是客观的，凡是客观的作品亦必同时是主观的。比如说班婕妤的《怨歌行》：

> 新裂齐纨素，皎洁如霜雪，裁作合欢扇，团团似明月。出入君怀袖，动摇微风发。常恐秋节至，凉飙夺炎热，弃捐箧笥中，恩情中道绝。

她拿团扇自喻，可以说是主观的文学。但是班婕妤在做这首诗时就不能同时在怨的情感中过活，她须暂时跳开切身的情境，看看它像什么样子，才能发现它像团扇。这就是说，她在做《怨歌行》时须退处客观的地位，把自己的遭遇当作一幅画来看。在这一刹那中，她就已经由弃妇变而为歌咏弃妇的诗人了，就已经在实际人生和艺术之中辟出一种距离来了。

再比如说王昌龄的《长信怨》。他以一位唐朝的男子来写一位汉朝的女子，他的诗可以说是客观的文学。但是他在做这首诗时一定要设身处地地想象班婕妤谪居长信宫的情况如何。像班婕妤自己一样，他也是拿弃妇的遭遇当作一幅画来欣赏。在想象到聚精会神时，他达到我们在前面所说的物我同一的境界，霎时之间，他的心境就变成班婕妤的心境了，他已经由客观的观赏者变而为主观的享受者了。总之，主观的艺术家在创造时也要能"超以象外"，客观的艺术家在创造时也要能"得其环中"，像司空图所说的。

文艺作品都必具有完整性。它是旧经验的新综合，它的精彩就全在这综合上面见出。在未综合之前，意象是散漫零乱的；在既综合之后，意象是谐和整一的。这种综合的原动力就是情感。凡是文艺作品都不能拆开来看，说某一笔平凡，某一句警辟，因为完整的全体中各部分都是相依为命的。人的美往往在眼睛上现出，但是也要全体健旺，眼中精神才饱满，不能把眼睛单拆开来，说这是造化的"警句"。严沧浪说过："汉魏古诗，气象混沌，难以句摘；晋以还始有佳句。"这话本是见道语而实际上又不尽然。晋以还始有佳句，但是晋以还的好诗像任何时代的好诗一样，仍然"难以句摘"。比如《长信怨》的头两句，"奉帚平明金殿开，暂将团扇共徘徊"，拆开来单看，本很平凡。但是如果没有这两句所描写的荣华冷落的情境，便显不出后两句的精彩。功夫虽从点睛见出，却从画龙做起。凡是欣赏或创造文艺作品，都要先注意到总印象，不可离开总印象而细论枝节。比如古诗《采莲曲》：

采莲复采莲，莲叶何田田！鱼戏莲叶东，鱼戏莲叶南，鱼戏莲叶西，鱼戏莲叶北。

单看起来，每句都无特色，合看起来，全篇却是一幅极幽美的意境。不仅汉魏古诗如此，晋以后的作品如陈子昂的《登幽州台》亦如此：

　　前不见古人，后不见来者，念天地之悠悠，独怆然而涕下。

也是要在总印象上玩味，绝不能字斟句酌。晋以后的诗和晋以后的词大半都是细节胜于总印象，聪明气和斧凿痕迹都露在外面，这的确是艺术的衰落现象。

情感是综合的要素，许多本来不相关的意象如果在情感上能调协，便可形成完整的有机体，比如李太白的《长相思》收尾两句说：

　　相思黄叶落，白露点青苔。

钱起的《湘灵鼓瑟》收尾两句说：

　　曲终人不见，江上数峰青。

温飞卿的《菩萨蛮》前阕说：

　　水晶帘里颇黎枕，暖香惹梦鸳鸯锦。江上柳如烟，雁飞残月天。

秦少游的《踏莎行》前阕说：

　　雾失楼台，月迷津渡，桃源望断无寻处。可堪孤馆闭春寒，杜鹃声里斜阳暮。

这里加圈的字句所传出的意象都是物景，而这些诗词全体原来都是着重人事。我们仔细玩味这些诗词时，并不觉得人事之中猛然插入物景为不伦不类，反而觉得它们浑然天成地联络在一起，互相烘托，益见其美。这就由于它们在情感上是谐和的。单拿"曲终人不见，江上数峰青"两句诗来说，曲终人杳虽然与江上峰青绝不相干，但是这两个意象都可以传出一种凄清冷静的情感，所以它们可以调和。如果只说"曲终人不见"而无"江上数峰青"，或是只说"江上数峰青"而无"曲终人不见"，意味便索然了。从这个例子看，我们可以见出创造如何是平常的意象的不平常的综合，诗如何要论总印象，以及情感如何使意象整一种种道理了。

因为有情感的综合，原来似散漫的意象可以变成不散漫，原来似重复的意象也可以变成不重复。《诗经》里面的诗大半每篇都有数章，而数章所说的话往往无大差别。例如《王风·黍离》：

彼黍离离，彼稷之苗。行迈靡靡，中心摇摇。知我者谓我心忧，不知我者谓我何求！悠悠苍天，此何人哉？

彼黍离离，彼稷之穗。行迈靡靡，中心如醉。知我者谓我心忧，不知我者谓我何求！悠悠苍天，此何人哉？

彼黍离离，彼稷之实。行迈靡靡，中心如噎。知我者谓我心忧，不知我者谓我何求！悠悠苍天，此何人哉？

这三章诗每章都只更换两三个字，只有"苗""穗""实"三字指示时间的变迁，其余"醉""噎"两字只是为压韵而更换的，在意义上并不十分必要。三章诗合在一块不过是说："我一年四季心里都在忧愁。"诗人何必把它说一遍又说一遍呢？因为情感原是往复低徊、缠绵不尽的。这三章诗在意义上确似重复而在情感上则不重复。

总之，艺术的任务是在创造意象，但是这种意象必定是受情感饱和的。情感或出于己，或出于人，诗人对于出于己者须跳出来视察，对于出于人者须钻进去体验。情感最易感通，所以"诗可以群"。

从心所欲，不逾矩

"从心所欲，不逾矩"

他们都从束缚中挣扎得自由，

从整齐中酝酿出变化。

格律是死方法，

全赖人能活用。

在艺术方面，受情感饱和的意象是嵌在一种格律里面的。

我们再拿王昌龄的《长信怨》来说，在上文我们已经从想象和情感两个观点研究过它，话虽然已经说得不少，但是如果到此为止，我们就不免抹杀了这首诗的一个极重要的成分。《长信怨》不仅是一种受情感饱和的意象，而这个意象又是嵌在调声压韵的"七绝"体里面的。"七绝"是一种格律。《长信怨》的意象是王昌龄的特创，这种格律却不是他的特创。他以前有许多诗人用它，他以后也有许多诗人用它。它是诗人们父传子、子传孙的一套家当。其他如五古、七古、五律、七律以及词的谱调等等也都是如此。

格律的起源都是归纳的，格律的应用都是演绎的。它本来是自然律，后来才变为规范律。

专就诗来说，我们来看格律如何本来是自然的。

诗和散文不同。散文叙事说理，事理是直截了当、一往无余的，所以它忌讳循环往复，贵能直率流畅。诗遣兴表情，兴与情都是循环往复、缠绵不尽的，所以它忌讳直率，贵有一唱三叹之音，使情溢于辞。粗略地说，散文大半用叙述语气，诗大半用惊叹语气。

拿一个实例来说，比如看见一位年轻姑娘，你如果把这段经验当作"事"来叙，你只须说："我看见一位年轻姑娘"；如果把它当作"理"来说，你只须说："她年纪轻所以漂亮。"事既叙过了，理既说明了，你就不必再说什么，听者就可以完全明白你的意思。但是如果你一见就爱上她，你只说"我爱她"还不能了事，因为这句话只是叙述一桩事而不是传达一种情感，你是否真心爱她，旁人在这句话本身中还无从见出。如果你真心爱她，你此刻念她，过些时候还是念她。你的情感来而复去，去而复来。它是一个最不爽快的搅扰者。这种缠绵不尽的神情就要一种缠绵不尽的音节才表现得出。这个道理随便拿一首恋爱诗来看就会明白。比如古诗《华山畿》：

奈何许！天下人何限？慊慊只为汝！

这本来是一首极简短的诗，不是讲音节的好例，但是在这极短的篇幅中我们已经可以领略到一种缠绵不尽的情感，就因为它的音节虽短促而却不直率。它的起句用"许"字落脚，第二句虽然用一个和"许"字不协韵的"限"字，末句却仍回到和"许"字协韵的"汝"字落脚。这种音节是往而复返的。（由"许"到"限"是往，由"限"到"汝"是返。）它所以往而复返者，就因为情感也是往而复返的。这种道理在较长的诗里更易见出，你把《诗经》中《卷耳》或是上文所引过的《黍离》玩味一番，就可以明白。

韵只是音节中一个成分。音节除韵以外，在章句长短和平仄交错中也可以见出。章句长短和平仄交错的存在理由也和韵一样，都是顺着情感的自然需要。分析到究竟，情感是心感于物的激动，和脉搏、呼吸诸生理机能都密切相关。这些生理机能的节奏都是抑扬相间，往而复返，长短轻重成规律的。情感的节奏见于脉搏、呼吸的节奏，脉搏、呼吸的节奏影响语言的节奏。诗本来就是一种语言，所以它的节奏也随情感的节奏于往复中见规律。

最初的诗人都无意于规律而自合于规律，后人研究他们的作品，才把潜在的规律寻绎出来。这种规律起初都只是一种总结账，一种统计，例如"诗大半用韵"，"某字大半与某字协韵"，"章句长短大半有规律"，"平声和仄声的交错次第大半如此如此"之类。这本来是一种自然律。后来做诗的人看见前人做法如此，也就如法炮制。从前诗人多用五言或七言，他们于是也用五言或七言；从前诗人五言起句用仄仄平平仄，次句往往用平平仄仄平，于是他们调声也用同样的次第。这样一来，自然律就变成规范律了。诗的声韵如此，其他艺术的格律也是如此，都是把前规看成定例。

艺术上的通行的做法是否可以定成格律，以便后人如法炮制呢？

这是一个很难的问题，绝对的肯定答复和绝对的否定答复都不免有流弊。从历史看，艺术的前规大半是先由自然律变而为规范律，再由规范律变而为死板的形式。一种作风在初盛时，自身大半都有不可磨灭的优点。后来闻风响应者得其形似而失其精神，有如东施学西施捧心，在彼为美者在此反适增其丑。流弊渐深，反动随起，于是文艺上有所谓"革命运动"。文艺革命的首领本来要把文艺从格律中解放出来，但是他们的闻风响应者又把他们的主张定为新格律。这种新格律后来又因经形式化而引起反动。一波未平，一波又起。一部艺术史全是这些推陈翻新、翻新为陈的轨迹。王静安在《人间词话》里所以说：

> 四言敝而有《楚辞》，《楚辞》敝而有五言，五言敝而有七言，古诗敝而有律绝，律绝敝而有词。盖文体通行既久，染指遂多，自

成习套，豪杰之士亦难于其中自出新意，故遁而作他体以自解脱。一切文体所以始盛终衰者皆由于此。

在西方文艺中，古典主义、浪漫主义、写实主义和象征主义相代谢的痕迹也是如此。各派有各派的格律，各派的格律都有因成习套而"敝"的时候。

格律既可"敝"，又何取乎格律呢？格律都有形式化的倾向，形式化的格律都有束缚艺术的倾向。我们知道这个道理，就应该知道提倡要格律的危险。但是提倡不要格律也是一桩很危险的事。我们固然应该记得格律可以变为死板的形式，但是我们也不要忘记第一流艺术家大半都是从格律中做出来的。比如陶渊明的五古，李太白的七古，王摩诘的五律以及温飞卿、周美成诸人所用的词调，都不是出自作者心裁。

提倡格律和提倡不要格律都有危险，这岂不是一个矛盾吗？这并不是矛盾。创造不能无格律，但是只做到遵守格律的地步也绝不足与言创造。我们现在把这个道理解剖出来。

诗和其他艺术都是情感的流露。情感是心理中极原始的一种要素。人在理智未发达之前先已有情感；在理智既发达之后，情感仍然是理智的驱遣者。情感是心感于物所起的激动，其中有许多人所共同的成分，也有某个人所特有的成分。这就是说，情感一方面有群性，一方面也有个性，群性是得诸遗传的，是永恒的，不易变化的；个性是成于环境的，是随环境而变化的。所谓"心感于物"，就是以得诸遗传的本能的倾向对付随人而异、随时而异的环境。环境随人随时而异，所以人类的情感时时在变化；遗传的倾向为多数人所共同，所以情感在变化之中有不变化者存在。

这个心理学的结论与本题有什么关系呢？艺术是情感的返照，它也有群性和个性的分别，它在变化之中也要有不变化者存在。比如单拿诗来说，四言、五言、七言、古、律、绝、词的交替是变化，而音节的需要则为变化中的不变化者。变化就是创造，不变化就是因袭。把不变化者归纳成为原则，就是自然律。这种自然律可以用为规范律，因为它本来是人类共同的情感的需要。但是只有群性而无个性，只有整齐而无变化，只有因袭而无创造，也就不能产生艺术。末流忘记这个道理，所以往往把格律变成死板的形式。

格律在经过形式化之后往往使人受拘束，这是事实，但是这绝不是格律本身的罪过，我们不能因噎废食。格律不能束缚天才，也不能把庸手提拔到艺术家的地位。如果真是诗人，格律会受他奴役；如果不是诗人，有格律他的诗固然腐滥，无格律它也还是腐滥。

古今大艺术家大半都从格律入手。艺术须寓整齐于变化。一味齐整，如钟摆摇动声，固然是单调；一味变化，如市场嘈杂声，也还是单调。由整齐到变化易，由变化到整齐难。从整齐入手，创造的本能和特别情境的需要会使作者在整齐之中求变化以避免单调。从变化入手，则变化之上不能再有变化，本来是求新奇而结果却仍还于单调。

古今大艺术家大半后来都做到脱化格律的境界。他们都从束缚中挣扎得自由，从整齐中酝酿出变化。格律是死方法，全赖人能活用。善用格律者好比打网球，打到娴熟时虽无心于球规而自合于球规，在不识球规者看，球手好像纵横如意，略无牵就规范的痕迹；在识球规者看，他却处处循规蹈矩。姜白石说得好："文以文而工，不以文而妙。"工在格律而妙则在神髓风骨。

孔夫子自道修养经验说："七十而从心所欲，不逾矩。"这是道德家的极境，也是艺术家的极境。"从心所欲，不逾矩"，艺术的创造活动尽于这七个字了。"从心所欲"者往往"逾矩"，"不逾矩"者又往往不能"从心所欲"。凡是艺术家都要能打破这个矛盾。孔夫子到快要死的时候才做到这种境界，可见循格律而能脱化格律，大非易事！

要有妙悟，也要有手腕

"不似则失其所以为诗，似则失其所以为我"

他要有诗人的妙悟，要有匠人的手腕，

只有匠人的手腕而没有诗人的妙悟，固不能有创作；

只有诗人的妙悟而没有匠人的手腕，即创作亦难尽善尽美。

创造与格律的问题之外，还有一个和它密切相关的问题，就是创造与模仿。因袭格律本来就已经是一种模仿，不过艺术上的模仿并不限于格律，最重要的是技巧。

技巧可以分为两项说，一项是关于传达的方法，一项是关于媒介的知识。

先说传达的方法。我们在上文见过，凡是创造之中都有欣赏，但是创造却不仅是欣赏。创造和欣赏都要见到一种意境。欣赏见到意境就止步，创造却要再进一步，把这种意境外射到具体的作品上去。见到一种意境是一件事，把这种意境传达出来让旁人领略又是一件事。

比如我此刻想象到一个很美的夜景，其中园亭、花木、湖山、风月，件件都了然于心，可是我不能把它画出来。我何以不能把它画出来呢？因为我不能动手，不能像支配筋肉一样任意活动。我如果勉强动手，我所画出来的全不像我所想出来的，我本来要画一条直线，画出来的线却是七弯八扭，我的手不能听我的心指使。穷究到底，艺术的创造不过是手能从心，不过是能任所欣赏的意象支配筋肉的活动，使筋肉所变的动作恰能把意象画在纸上或是刻在石上。

这种筋肉活动不是天生自在的，它须费一番功夫才学得来。我想到一只虎不能画出一只虎来，但是我想到"虎"字却能信手写一个"虎"字出来。我写"虎"字毫不费事，但是不识字的农夫看我写"虎"字，正犹如我看画家画虎一样可惊羡。一只虎和一个"虎"字在心中时都不过是一种意象，何以"虎"字的意象能供我的手腕作写"虎"字的活动，而虎的意象却不能使我的手腕作画虎的活动呢？这个分别全在有练习与没有练习。我练习过写字，却没有练习过作画。我的手腕筋肉只有写"虎"字的习惯，没有画虎的习惯。筋肉活动成了习惯以后就非常纯熟，可以从心所欲，意到笔随；但是在最初养成这种习惯时，好比小孩子学走路，大人初学游水，都要跌几跤或是喝几次水，才可以学会。

各种艺术都各有它的特殊的筋肉的技巧。例如写字、作画、弹琴等要有手腕筋肉的技巧，唱歌、吹箫要有喉舌唇齿诸筋肉的技巧，跳舞要有全身筋肉的技巧（严格地说，各种艺术都要有全身筋肉的技巧）。要想学一门艺术，就要先学它的特殊的筋肉的技巧。

学一门艺术的特殊的筋肉技巧，要用什么方法呢？起初都要模仿。"模仿"和"学习"本来不是两件事。姑且拿写字做例来说。小儿学写字，最初是描红，其次是写印本，再其次是临帖。这些方法都是借旁人所写的字做榜样，逐渐养成手腕筋肉的习惯。但是就我自己的经验来说，学写字最得益的方法是站在书家的身旁，看他如何提笔，如何运用手腕，如何使全身筋肉力量贯注在手腕上。他的筋肉习惯已养成了，在实地观察他的筋肉如何动作时，我可以讨一点诀窍来，免得自己去暗中摸索，尤其重要的是免得自己养成不良的筋肉习惯。

推广一点说，一切艺术上的模仿都可以作如是观。比如说作诗作文，似乎没有什么筋肉的技巧，其实也是一理。诗文都要有情感和思想。情感都见于筋肉的活动，我们在前面已经说过。思想离不开语言，语言离不开喉舌的动作。比如想到"虎"字时，喉舌间都不免起若干说出"虎"字的筋肉动作。这是行为派心理学的创见，现在已逐渐为一般心理学家所公认。诗人和文人常欢喜说"思路"，所谓"思路"并无若何玄妙，也不过是筋肉活动所走的特殊方向而已。

诗文上的筋肉活动是否可以模仿呢？它也并不是例外。中国诗人和文人向来着重"气"字，我们现在来把这个"气"字研究一番，就可以知道模仿筋肉活动的道理。曾国藩在《家训》里说过一段话，很可以值得我们注意：

凡作诗最宜讲究声调，须熟读古人佳篇，先之以高声朗诵，以昌其气；继之以密咏恬吟，以玩其味。二者并进，使古人之声调拂拂然若与我喉舌相习，则下笔时必有句调奔赴腕下，诗成自读之，亦自觉琅琅可诵，引出一种兴会来。

从这段话看，可知"气"与声调有关，而声调又与喉舌运动有关。韩昌黎也说过："气盛则言之短长与声之高下皆宜。"声本于气，所以想得古人之气，不得不求之于声。求之于声，即不能不朗诵。朱晦庵曾经说过："韩昌黎、苏明允作文，敝一生之精力，皆从古人声响学。"所以从前古文家教人作文最重朗诵。

姚姬传与陈硕士书说："大抵学古文者，必须放声疾读，又缓读，只久之自悟。若但能默看，即终身作外行也。"朗诵既久，则古人之声就可以在我的喉舌筋肉上留下痕迹，"拂拂然若与我之喉舌相习"，到我自己下笔时，喉舌也自然顺这个痕迹而活动，所谓"必有句调奔赴腕下"。要看自己的诗文的气是否顺畅，也要吟哦才行，因为吟哦时喉舌间所习得的习惯动作就可以再现出来。从此可知从前人所谓"气"也就是一种筋肉技巧了。

关于传达的技巧大要如此，现在再讲关于媒介的知识。

什么叫作"媒介"？它就是艺术传达所用的工具。比如颜色、线形是图画的媒介，金石是雕刻的媒介，文字语言是文学的媒介。艺术家对于他所用的媒介也要有一番研究。比如达·芬奇的《最后的晚餐》是文艺复兴时代最大的杰作。但是他的原迹是用一种不耐潮湿的油彩画在一个易受潮湿的墙壁上，所以没过多少时候就剥落消失去了。这就是对于媒介欠研究。再比如建筑，它的媒介是泥石，它要把泥石砌成一个美的形象。建筑家都要有几何学和力学的知识，才能运用泥石；他还要明白他的媒介对于观者所生的影响，才不至于乱用材料。希腊建筑家往往把石柱的腰部雕得比上下都粗壮些，但是看起来它的粗细却和上下一律，因为腰部是受压时最易折断的地方，容易引起它比上下较细弱的错觉，把腰部雕粗些，才可以弥补这种错觉。

在各门艺术之中都有如此等类的关于媒介的专门知识，文学方面尤其显著。诗文都以语言文字为媒介。做诗文的人一要懂得字义，二要懂得字音，三要懂得字句的排列法，四要懂得某字某句的音义对于读者所生的影响。这四样都是专门的学问。前人对于这些学问已逐渐蓄积起许多经验和成绩，而不是任何人只手空拳、毫无凭借地在一生之内所可得到的。自己既不能件件去发明，就不得不利用前人的经验和成绩。文学家对于语言文字是如此，一切其他艺术家对于他的特殊的媒介也莫不然。各种艺术都同时是一种学问，都有无数年代所积成的技巧。学一门艺术，就要学该门艺术所特有的学问和技巧。这种学习就是利用过去经验，就是吸收已有文化，也就是模仿的一端。

古今大艺术家在少年时所做的功夫大半都偏在模仿。米开朗琪罗费过半生的功夫研究希腊、罗马的雕刻，莎士比亚也费过半生的功夫模仿和改作前人的剧本，这是最显著的例。中国诗人中最不像用过功夫的莫过于李太白，但是他的集中模拟古人的作品极多，只略看看他的诗题就可以见出。杜工部说过"李侯有佳句，往往似阴铿"，他自己也说过"解道长江静如练，令人长忆谢玄晖"。他对于过去诗人的关系可以想见了。

艺术家从模仿入手，正如小儿学语言，打网球者学姿势，跳舞者学步法一样，并没有什么玄妙，也并没有什么荒唐。不过这步功夫只是创造的始基。没有做到这步功夫和做到这步功夫就止步，都不足以言创造。我们在前面说过，创造是旧经验的新综合。旧经验大半得诸模仿，新综合则必自出心裁。

像格律一样，模仿也有流弊，但是这也不是模仿本身的罪过。从前学者有人提倡模仿，也有人唾骂模仿，往往都各有各的道理，其实并不冲突。顾亭林的《日知录》里有一条说：

> 诗文之所以代变，有不得不然者。一代之文，沿袭已久，不容人人皆道此语。今且千数百年矣，而犹取古人之陈言——而模仿之，以是为诗可乎？故不似则失其所以为诗，似则失其所以为我。

这是一段极有意味的话，但是他的结论是突如其来的。"不似则失其所以为诗"一句和上文所举的理由恰相反。他一方面见到模仿古人不足以为诗，一方面又见到不似古人则失其所以为诗。这不是一个矛盾吗？

这其实并不是矛盾。诗和其他艺术一样，须从模仿入手，所以不能不似古人，不似则失其所以为诗；但是它须归于创造，所以又不能全似古人，全似古人则失其所以为我。创造不能无模仿，但是只有模仿也不能算是创造。

凡是艺术家都须有一半是诗人，一半是匠人。他要有诗人的妙悟，要有匠人的手腕，只有匠人的手腕而没有诗人的妙悟，固不能有创作；只有诗人的妙悟而没有匠人的手腕，即创作亦难尽善尽美。妙悟来自性灵，手腕则可得于模仿。匠人虽比诗人身分低，但亦绝不可少。青年作家往往忽略这一点。

心有一尘之微

"读书破万卷,下笔如有神"

灵感是潜意识中的工作在意识中的收获。

知道格律和模仿对于创造的关系,我们就可以知道天才和人力的关系了。

生来死去的人何止恒河沙数?真正的大诗人和大艺术家是在一口气里就可以数得完的。何以同是人,有的能创造,有的不能创造呢?在一般人看,这全是由于天才的厚薄。他们以为艺术全是天才的表现,于是天才成为懒人的借口。聪明人说,我有天才,有天才何事不可为?用不着去下功夫。迟钝人说,我没有艺术的天才,就是下功夫也无益。于是艺术方面就无学问可谈了。

"天才"究竟是怎么一回事呢?

它自然有一部得诸遗传。有许多学者常欢喜替大创造家和大发明家理家谱,说莫扎特有几代祖宗会音乐,达尔文的祖父也是生物学家,曹操一家出了几个诗人。这种证据固然有相当的价值,但是它绝不能完全解释天才。同父母的兄弟贤愚往往相差很远。曹操的祖宗有什么大成就呢?曹操的后裔又有什么大成就呢?

　　天才自然也有一部分成于环境。假令莫扎特生在音阶简单、乐器拙陋的蒙昧民族中，也绝不能作出许多复音的交响曲。"社会的遗产"是不可蔑视的。文艺批评家常欢喜说，伟大的人物都是他们那一时代的骄子，艺术是时代和环境的产品。这话也不尽然。同是一个时代而成就却往往不同。英国在产生莎士比亚的时代和西班牙是一般隆盛，而当时西班牙并没有产生伟大的作者。伟大的时代不一定能产生伟大的艺术。美国的独立、法国的大革命在近代都是极重大的事件，而当时艺术却卑卑不足高论。伟大的艺术也不必有伟大的时代做背景，席勒和歌德的时代，德国还是一个没有统一的纷乱的国家。

　　我承认遗传和环境的影响非常重大，但是我相信它们都不能完全解释天才。在固定的遗传和环境之下，个人还有努力的余地。遗传和环境对于人只是一个机会、一种本钱，至于能否利用这个机会，能否拿这笔本钱去做出生意来，则所谓"神而明之，存乎其人"。有些人天资颇高而成就则平凡，他们好比有大本钱而没有做出大生意；也有些人天资并不特异而成就则斐然可观，他们好比拿小本钱而做出大生意。这中间的差别就在努力与不努力了。牛顿可以说是科学家中一个天才了，他常常说："天才只是长久的耐苦。"这话虽似稍嫌过火，却含有很深的真理。只有死功夫固然不尽能发明或创造，但是能发明创造者却大半是下过死功夫来的。哲学中的康德、科学中的牛顿、雕刻图画中的米开朗琪罗、音乐中的贝多芬、书法中的王羲之、诗中的杜工部，这些实例已经够证明人力的重要，又何必多举呢？

　　最容易显出天才的地方是灵感。我们只须就灵感研究一番，就可以见出天才的完成不可无人力了。

　　杜工部尝自道经验说："读书破万卷，下笔如有神。"所谓"灵感"就是杜工部所说的"神"，"读书破万卷"是功夫，"下笔如有神"是灵感。据杜工部的经验看，灵感是从功夫出来的。如果我们借心理学的帮助来分析灵感，也可以得到同样的结论。

灵感有三个特征：

第一，它是突如其来的，出于作者自己意料之外的。根据灵感的作品大半来得极快。从表面看，我们寻不出预备的痕迹。作者丝毫不费心血，意象涌上心头时，他只要信笔疾书。有时作品已经创造成功了，他自己才知道无意中又成了一件作品。歌德著《少年维特之烦恼》的经过，便是如此。据他自己说，他有一天听到一位少年失恋自杀的消息，突然间仿佛见到一道光在眼前闪过，立刻就想出全书的框架。他费两个星期的功夫一口气把它写成。在复看原稿时，他自己很惊讶，没有费力就写成一本书，告诉人说："这部小册子好像是一个患睡行症者在梦中作成的。"

第二，它是不由自主的，有时苦心搜索而不能得的偶然在无意之中涌上心头。希望它来时它偏不来，不希望它来时它却蓦然出现。法国音乐家柏辽兹有一次替一首诗作乐谱，全诗都谱成了，只有收尾一句（"可怜的兵士，我终于要再见法兰西！"）无法可谱。他再三思索，不能想出一段乐调来传达这句诗的情思，终于把它搁起。两年之后，他到罗马去玩，失足落水，爬起来时口里所唱的乐调，恰是两年前所再三思索而不能得的。

第三，它也是突如其去的，练习作诗文的人大半都知道"败兴"的味道。"兴"也就是灵感。诗文和一切艺术一样都宜于乘兴会来时下手。兴会一来，思致自然滔滔不绝。没有兴会时写一句极平常的话倒比写什么还难。兴会来时最忌外扰。本来文思正在源源而来，外面狗叫一声，或是墨水猛然打倒了，便会把思路打断。断了之后就想尽方法也接不上来。谢无逸问潘大临近来作诗没有，潘大临回答说："秋来日日是诗思。昨日捉笔得'满城风雨近重阳'之句，忽催租人至，令人意败。辄以此一句奉寄。"这是"败兴"的最好的例子。

灵感既然是突如其来、突然而去、不由自主，那不就无法可以用人力来解释吗？从前人大半以为灵感非人力，以为它是神灵的感动和启示。在灵感之中，仿佛有神灵凭附作者的躯体，暗中驱遣他的手腕，他只是坐享其成。但是从近代心理学发现潜意识活动之后，这种神秘的解释就不能成立了。

什么叫作"潜意识"呢？我们的心理活动不尽是自己所能觉到的。自己的意识所不能察觉到的心理活动就属于潜意识。意识既不能察觉到，我们何以知道它存在呢？变态心理中有许多事实可以为凭。比如说催眠，受催眠者可以谈话、做事、写文章、做数学题，但是醒过来后对于催眠状态中所说的话和所做的事往往完全不知道。此外还有许多精神病人现出"两重人格"。例如一个人乘火车在半途跌下，把原来的经验完全忘记，换过姓名在附近镇市上做了几个月的买卖。有一天他忽然醒过来，发现身边事物都是不认识的，才自疑何以走到这么一个地方。旁人告诉他说他在那里开过几个月的店，他绝对不肯相信。心理学家根据许多类似事实，断定人于意识之外又有潜意识，在潜意识中也可以运用意志、思想，受催眠者和精神病人便是如此。在通常健全心理中，意识压倒潜意识，只让它在暗中活动。在变态心理中，意识和潜意识交替来去。它们完全分裂开来，意识活动时潜意识便沉下去，潜意识涌现时，便把意识淹没。

灵感就是在潜意识中酝酿成的情思猛然涌现于意识。它好比伏兵，在未开火之前，只是鸦雀无声地准备，号令一发，它乘其不备地发动总攻击，一鼓而下敌。在没有侦探清楚的敌人（意识）看，它好比周亚夫将兵从天而至一样。这个道理我们可以拿一件浅近的事实来说明。我们在初练习写字时，天天觉得自己在进步，过几个月之后，进步就猛然停顿起来，觉得字越写越坏。但是再过些时候，自己又猛然觉得进步。进步之后又停顿，停顿之后又进步，如此辗转几次，字才写得好。学别的技艺也是如此。据心理学家的实验，在进步停顿时，你如果索性不练习，把它丢开去做旁的事，过些时候再起手来写，字仍然比停顿以前较进步。这是什么道理呢？就因为在意识中思索的东西应该让它在潜意识中酝酿一些时候才会成熟。功夫没有错用的，你自己以为劳而不获，但是你在潜意识中实在仍然于无形中收效果。所以心理学家有"夏天学溜冰，冬天学泅水"的说法。溜冰本来是在前一个冬天练习的，今年夏天你虽然是在做旁的事，没有想到溜冰，但是溜冰的筋肉技巧却恰在这个不溜冰的时节暗里培养成功。一切脑的工作也是如此。

灵感是潜意识中的工作在意识中的收获。它虽是突如其来，却不是毫无准备。法国大数学家潘嘉贵常说他的关于数学的发明大半是在街头闲逛时无意中得来的。但是我们从来没有听过有一个人向来没有在数学上用功夫，猛然在街头闲逛时发明数学上的重要原则。在罗马落水的如果不是素习音乐的柏辽兹，跳出水时也绝不会随口唱出一曲乐调。他的乐调是费过两年的潜意识酝酿的。

从此我们可以知道"读书破万卷，下笔如有神"两句诗是至理名言了。不过灵感的培养正不必限于读书。人只要留心，处处都是学问。艺术家往往在他的艺术范围之外下功夫，在别种艺术之中玩索得一种意象，让它沉在潜意识里去酝酿一番，然后再用他的本行艺术的媒介把它翻译出来。吴道子生平得意的作品为洛阳天宫寺的神鬼，他在下笔之前，先请裴曼舞剑一回给他看，在剑法中得着笔意。张旭是唐朝的草书大家，他尝自道经验说："始吾见公主担夫争路，而得笔法之意；后见公孙氏舞剑器，而得其神。"王羲之的书法相传是从看鹅掌拨水得来的。法国大雕刻家罗丹也说道："你问我在什么地方学来的雕刻？在深林里看树，在路上看云，在雕刻室里研究模型学来的。我在到处学，只是不在学校里。"

从这些实例看，我们可知各门艺术的意象都可触类旁通。书画家可以从剑的飞舞或鹅掌的拨动之中得到一种特殊的筋肉感觉来助笔力，可以得到一种特殊的胸襟来增进书画的神韵和气势。推广一点说，凡是艺术家都不宜只在本行小范围之内用功夫，须处处留心玩索，才有深厚的修养。鱼跃鸢飞，风起水涌，以至于一尘之微，当其接触感官时我们虽常不自觉其在心灵中可生若何影响，但是到挥毫运斤时，它们都会涌到手腕上来，在无形中驱遣它、左右它。在作品的外表上我们虽不必看出这些意象的痕迹，但是一笔一画之中都潜寓它们的神韵和气魄。这样意象的蕴蓄便是灵感的培养。

慢慢走，欣赏啊

"慢慢走，欣赏啊！"

阿尔卑斯山谷中有一条大汽车路，两旁景物极美，
路上插着一个标语牌劝告游人说："慢慢走，欣赏啊！"

　　一直到现在，我们都是讨论艺术的创造与欣赏。在收尾这一节中，我提议约略说明艺术和人生的关系。

　　我在开章明义时就着重美感态度和实用态度的分别，以及艺术和实际人生之中所应有的距离，如果话说到这里为止，你也许误解我把艺术和人生看成漠不相关的两件事。我的意思并不如此。

　　人生是多方面而却相互和谐的整体，把它分析开来看，我们说某部分是实用的活动，某部分是科学的活动，某部分是美感的活动，为正名析理起见，原应有此分别；但是我们不要忘记，完满的人生见于这三种活动的平均发展，它们虽是可分别的而却不是互相冲突的。"实际人生"比整个人生的意义较为窄狭。一般人的错误在把它们认为相等，以为艺术对于"实际人生"既是隔着一层，它在整个人生中也就没有什么价值。有些人为维护艺术的地位，又想把它硬纳到"实际人生"的小范围里去。这般人不但是误解艺术，而且也没有认识人生。我们把实际生活看作整个人生之中的一片段，所以在肯定艺术与实际

人生的距离时，并非肯定艺术与整个人生的隔阂。严格地说，离开人生便无所谓艺术，因为艺术是情趣的表现，而情趣的根源就在人生；反之，离开艺术也便无所谓人生，因为凡是创造和欣赏都是艺术的活动，无创造、无欣赏的人生是一个自相矛盾的名词。

人生本来就是一种较广义的艺术。每个人的生命史就是他自己的作品。这种作品可以是艺术的，也可以不是艺术的，正犹如同是一种顽石，这个人能把它雕成一座伟大的雕像，而另一个人却不能使它"成器"，分别全在性分与修养。知道生活的人就是艺术家，他的生活就是艺术作品。

过一世生活好比做一篇文章。完美的生活都有上品文章所应有的特点。

第一，一篇好文章一定是一个完整的有机体，其中全体与部分都息息相关，不能稍有移动或增减。一字一句之中都可以见出全篇精神的贯注。比如陶渊明的《饮酒》诗本来是"采菊东篱下，悠然见南山"，后人把"见"字误印为"望"字，原文的自然与物相遇相得的神情便完全丧失。这种艺术的完整性在生活中叫作"人格"。凡是完美的生活都是人格的表现。大而进退取与，小而声音笑貌，都没有一件和全人格相冲突。不肯为五斗米折腰向乡里小儿，是陶渊明的生命史中所应有的一段文章，如果他错过这一个小节，便失其为陶渊明。下狱不肯脱逃，临刑时还叮咛嘱咐还邻人一只鸡的债，是苏格拉底的生命史中所应有的一段文章，否则他便失其为苏格拉底。这种生命史才可以使人把它当作一幅图画去惊赞，它就是一种艺术的杰作。

其次，"修辞立其诚"是文章的要诀，一首诗或是一篇美文一定是至性深情的流露，存于中然后形于外，不容有丝毫假借。情趣本来是物我交感共鸣的结果。景物变动不拘，情趣亦自生生不息。我有我的个性，物也有物的个性，这种个性又随时地变迁而生长发展。每人在某一时会所见到的景物，和每种景物在某一时会所引起的情趣，都有它的特殊性，断不容与另一人在另一时会所见到的景物，和另一景物在另一时会所引起的情趣完全相同。毫厘之差，微妙所在。在这种生生不息的情趣中我们可以见出生命的造化。把这种生命流露于语言文字，就是好文章；把它流露于言行风采，就是美满的生命史。

文章忌俗滥，生活也忌俗滥。俗滥就是自己没有本色而蹈袭别人的成规旧矩。西施患心病，常捧心蹙眉，这是自然的流露，所以愈增其美。东施没有心病，强学捧心蹙眉的姿态，只能引人嫌恶。在西施是创作，在东施便是滥调。滥调起于生命的干枯，也就是虚伪的表现。"虚伪的表现"就是"丑"，克罗齐已经说过。"风行水上，自然成纹"，文章的妙处如此，生活的妙处也是如此。在什么地位，是怎样的人，感到怎样情趣，便现出怎样言行风采，叫人一见就觉其谐和完整，这才是艺术的生活。

俗语说得好，"唯大英雄能本色"，所谓艺术的生活就是本色的生活。世间有两种人的生活最不艺术，一种是俗人，一种是伪君子。"俗人"根本就缺乏本色，"伪君子"则竭力遮盖本色。朱晦庵有一首诗说："半亩方塘一鉴开，天光云影共徘徊。问渠那得清如许？为有源头活水来。"艺术的生活就是有"源头活水"的生活。俗人迷于名利，与世浮沉，心里没有"天光云影"，就因为没有源头活水。他们的大病是生命的干枯。"伪君子"则于这种"俗人"的资格之上，又加上"沐猴而冠"的伎俩。他们的特点不仅见于道德上的虚伪，一言一笑、一举一动，都叫人起不美之感。谁知道风流名士的架子之中掩藏了几多行尸走肉？无论是"俗人"或是"伪君子"，他们都是生活中的"苟且者"，都缺乏艺术家在创造时所应有的良心。像柏格森所说的，他们都是"生命的机械化"，只能做喜剧中的角色。生活落到喜剧里去的人大半都是不艺术的。

艺术的创造之中都必寓有欣赏，生活也是如此。一般人对于一种言行常欢喜说它"好看""不好看"，这已有几分是拿艺术欣赏的标准去估量它。

但是一般人大半不能彻底，不能拿一言一笑、一举一动纳在全部生命史里去看，他们的"人格"观念太淡薄，所谓"好看""不好看"往往只是"敷衍面子"。善于生活者则彻底认真，不让一尘一芥妨碍整个生命的和谐。一般人常以为艺术家是一班最随便的人，其实在艺术范围之内，艺术家是最严肃不过的。在锻炼作品时常呕心呕肝，一笔一画也不肯苟且。王荆公作"春风又绿江南岸"一句诗时，原来"绿"字是"到"字，后来由"到"字改为"过"字，由"过"字改为"入"字，由"入"字改为"满"字，改了十几次之后才定为"绿"字。即此一端可以想见艺术家的严肃了。善于生活者对于生活也是这样认真。曾子临死时记得床上的席子是季路的，一定叫门人把它换过才瞑目。吴季札心里已经暗许赠剑给徐君，没有实行徐君就已死去，他很郑重地把剑挂在徐君墓旁树上，以见"中心契合死生不渝"的风谊。像这一类的言行看来虽似小节，而善于生活者却不肯轻易放过，正犹如诗人不肯轻易放过一字一句一样。小节如此，大节更不消说。董狐宁愿断头不肯掩盖史实，夷齐饿死不愿降周，这种风度是道德的也是艺术的。我们主张人生的艺术化，就是主张对于人生的严肃主义。

艺术家估定事物的价值，全以它能否纳入和谐的整体为标准，往往出于一般人意料之外。他能看重一般人所看轻的，也能看轻一般人所看重的。在看重一件事物时，他知道执着；在看轻一件事物时，他也知道摆脱。艺术的能事不仅见于知所取，尤其见于知所舍。苏东坡论文，谓如水行山谷中，行于其所不得不行，止于其所不得不止，这就是取舍恰到好处，艺术化的人生也是如此。善于生活者对于世间一切，也拿艺术的口胃去评判它，合于艺术口胃者毫毛可以变成泰山，不合于艺术口胃者泰山也可以变成毫毛。他不但能认真，而且能摆脱。在认真时见出他的严肃，在摆脱时见出他的豁达。孟敏堕甑，不顾而去，郭林宗见到以为奇怪。他说："甑已碎，顾之何益？"哲学家斯宾诺莎宁

愿靠磨镜过活，不愿当大学教授，怕妨碍他的自由。王徽之居山阴，有一天夜雪初霁，月色清朗，忽然想起他的朋友戴逵，便乘小舟到剡溪去访他，刚到门口便把船划回去。他说："乘兴而来，兴尽而返。"这几件事彼此相差很远，却都可以见出艺术家的豁达。伟大的人生和伟大的艺术都要同时并有严肃与豁达之胜。晋代清流大半只知道豁达而不知道严肃，宋朝理学又大半只知道严肃而不知道豁达。陶渊明和杜子美庶几算得恰到好处。

一篇生命史就是一种作品，从伦理的观点看，它有善恶的分别，从艺术的观点看，它有美丑的分别。善恶与美丑的关系究竟如何呢？

就狭义说，伦理的价值是实用的，美感的价值是超实用的；伦理的活动都是有所为而为，美感的活动则是无所为而为。比如仁、义、忠、信等等都是善，问它们何以为善，我们不能不着眼到人群的幸福。美之所以为美，则全在美的形象本身，不在它对于人群的效用（这并不是说它对于人群没有效用）。假如世界上只有一个人，他就不能有道德的活动，因为有父子才有慈孝可言，有朋友才有信义可言。但是这个想象的孤零零的人还可以有艺术的活动，他还可以欣赏他所居的世界，他还可以创造作品。善有所赖而美无所赖，善的价值是"外在的"，美的价值是"内在的"。

不过这种分别究竟是狭义的。就广义说，善就是一种美，恶就是一种丑。因为伦理的活动也可以引起美感上的欣赏与嫌恶。希腊大哲学家柏拉图和亚里士多德讨论伦理问题时都以为善有等级，一般的善虽只有外在的价值，而"至高的善"则有内在的价值。这所谓"至高的善"究竟是什么呢？柏拉图和亚里士多德本来是一走理想主义的极端，一走经验主义的极端，但是对于这个问题，意见却一致。他们都以为"至高的善"在"无所为而为的玩索"（disinterested contemplation）。这种见解在西方哲学思潮上影响极大，斯宾诺莎、黑格尔、叔本华的学说都可以参证。从此可知西方哲人心目中的"至高的

善"还是一种美，最高的伦理的活动还是一种艺术的活动了。

"无所为而为的玩索"何以看成"至高的善"呢？这个问题涉及西方哲人对于神的观念。从耶稣教盛行之后，神才是一个大慈大悲的道德家。在希腊哲人以及近代莱布尼茨、尼采、叔本华诸人的心目中，神却是一个大艺术家，他创造这个宇宙出来，全是为着自己要创造、要欣赏。其实这种见解也并不减低神的身分。耶稣教的神只是一班穷叫花子中的一个肯施舍的财主老，而一般哲人心中的神，则是以宇宙为乐曲而要在这种乐曲之中见出和谐的音乐家。这两种观念究竟是哪一个伟大呢？在西方哲人想，神只是一片精灵，他的活动绝对自由而不受限制，至于人则为肉体的需要所限制而不能绝对自由。人愈能摆脱肉体需求的限制而作自由活动，则离神亦愈近。"无所为而为的玩索"是唯一的自由活动，所以成为最上的理想。

这番话似乎有些玄渺，在这里本来不应说及。不过无论你相信不相信，有许多思想却值得当作一个意象悬在心眼前来玩味玩味。我自己在闲暇时也欢喜看看哲学书籍。老实说，我对于许多哲学家的话都很怀疑，但是我觉得他们有趣。我以为穷到究竟，一切哲学系统也都只能当作艺术作品去看。哲学和科学穷到极境，都是要满足求知的欲望。每个哲学家和科学家对于他自己所见到的一点真理（无论它究竟是不是真理）都觉得有趣味，都用一股热忱去欣赏它。真理在离开实用而成为情趣中心时就已经是美感的对象了。"地球绕日运行"，"勾方加股方等于弦方"一类的科学事实，和《米洛的维纳斯》或《第九交响曲》一样可以摄魂震魄。科学家去寻求这一类的事实，穷到究竟，也正因为它们可以摄魂震魄。所以科学的活动也还是一种艺术的活动，不但善与美是一体，真与美也并没有隔阂。

艺术是情趣的活动，艺术的生活也就是情趣丰富的生活。人可以分为两种，一种是情趣丰富的，对于许多事物都觉得有趣味，而且到处寻求享受这种趣味。一种是情趣干枯的，对于许多事物都觉得没有趣味，也不去寻求趣味，只终日拼命和蝇蛆在一块争温饱。后者是俗人，前者就是艺术家。情趣愈丰富，生活也愈美满，所谓人生的艺术化就是人生的情趣化。

"觉得有趣味"就是欣赏。你是否知道生活，就看你对于许多事物能否欣赏。欣赏也就是"无所为而为的玩索"。在欣赏时人和神仙一样自由，一样有福。

阿尔卑斯山谷中有一条大汽车路，两旁景物极美，路上插着一个标语牌劝告游人说："慢慢走，欣赏啊！"许多人在这车如流水马如龙的世界过活，恰如在阿尔卑斯山谷中乘汽车兜风，匆匆忙忙地急驰而过，无暇一回首流连风景，于是这丰富华丽的世界便成为一个了无生趣的囚牢。这是一件多么令人惋惜的事啊!

朋友,在告别之前,我采用阿尔卑斯山路上的标语,在中国人告别习用语之下加上三个字奉赠:

"慢慢走,欣赏啊!"

你要做的，只不过是发现生活之美

你要做的，只不过是发现生活之美
《谈美》开场话

> 假若你看过之后，看到一首诗、一幅画或是一片自然风景的时候，比较从前感觉到较浓厚的趣味，懂得像什么样的经验才是美感的，然后再以美感的态度推到人生世相方面去，我的心愿就算达到了。

从写十二封信给你之后，我已经歇三年没有和你通消息了。你也许怪我疏懒，也许忘记几年前的一位老友了，但是我仍是时时挂念你。在这几年之内，国内经过许多不幸的事变，刺耳痛心的新闻不断地传到我这里来。听说我的青年朋友之中，有些人已遭惨死，有些人已因天灾人祸而废学，有些人已经拥有高官厚禄或是正在"忙"高官厚禄。这些消息使我比听到日本出兵东三省和轰炸淞沪时更伤心。在这种时候，我总是提心吊胆地念着你。你还是在惨死者之列呢？还是已经由党而官、奔走于大人先生之门而扬扬自得呢？

在这些提心吊胆的时刻，我常想写点什么寄慰你。我本有许多话要说而终于缄默到现在者，也并非完全由于疏懒。在我的脑际盘旋的实际问题都很复杂错乱，它们所引起的感想也因而复杂错乱。现在青年不应该再有复杂错乱的心境了。他们所需要的不是一盆八宝饭而是一帖清凉散。想来想去，我决定来和你谈美。

谈美！这话太突如其来了！在这个危急存亡的年头，我还有心肝来"谈风月"么？是的，我现在谈美，正因为时机实在是太紧迫了。朋友，你知道，我是一个旧时代的人，流落在这纷纭扰攘的新时代里面，虽然也出过一番力来领略新时代的思想和情趣，仍然不免抱有许多旧时代的信仰。我坚信中国社会闹得如此之糟，不完全是制度的问题，是大半由于人心太坏。我坚信情感比理智重要，要洗刷人心，并非几句道德家言所可了事，一定要从"怡情养性"做起，一定要于饱食暖衣、高官厚禄等之外，别有较高尚、较纯洁的企求。要求人心净化，先要求人生美化。

人要有出世的精神才可以做入世的事业。现世只是一个密密无缝的利害网，一般人不能跳脱这个圈套，所以转来转去，仍是被利害两个大字系住。在利害关系方面，人已最不容易调协，人人都把自己放在首位，欺诈、凌虐、劫夺种种罪孽都种根于此。美感的世界纯粹是意象世界，超乎利害关系而独立。在创造或是欣赏艺术时，人都是从有利害关系的实用世界搬家到绝无利害关系的理想世界里去。艺术的活动是"无所为而为"的。我以为无论是讲学问或是做事业的人都要抱有一副"无所为而为"的精神，把自己所做的学问事业当作一件艺术品看待，只求满足理想和情趣，不斤斤于利害得失，才可以有一番真正的成就。伟大的事业都出于宏远的眼界和豁达的胸襟。如果这两层不讲究，社会上多一个讲政治经济的人，便是多一个借党忙官的人；这种人愈多，社会愈趋于腐浊。现在一般借党忙官的政治学者和经济学者以及冒牌的哲学家和科学家所给人的印象只要一句话就说尽了，——"俗不可耐"。

人心之坏，由于"未能免俗"。什么叫作"俗"？这无非是像蛆钻粪似的求温饱，不能以"无所为而为"的精神做高尚纯洁的企求；总而言之，"俗"无非是缺乏美感的修养。

在这封信里我只有一个很单纯的目的，就是研究如何"免俗"。这事本来关系各人的性分，不易以言语晓喻，我自己也还是一个"未能免俗"的人，但是我时常领略到能免俗的趣味，这大半是在玩味一首诗、一幅画或是一片自然风景的时候。我能领略到这种趣味，自信颇得力于美学的研究。在这封信里我就想把这一点心得介绍给你。假若你看过之后，看到一首诗、一幅画或是一片自然风景的时候，比较从前感觉到较浓厚的趣味，懂得像什么样的经验才是美感的，然后再以美感的态度推到人生世相方面去，我的心愿就算达到了。

在写这封信之前，我曾经费过一年的光阴写了一部《文艺心理学》。这里所说的话大半在那里已经说过，我何必又多此一举呢？在那部书里我向专门研究美学的人说话，免不了引经据典，带有几分掉书囊的气味；在这里我只是向一位亲密的朋友随便谈谈，竭力求明白晓畅。在写《文艺心理学》时，我要先看几十部书才敢下笔写一章；在写这封信时，我和平时写信给我的弟弟妹妹一样，面前一张纸，手里一管笔，想到什么便写什么，什么书也不去翻看，我所说的话都是你所能了解的，但是我不敢勉强要你全盘接收。这是一条思路，你应该趁着这条路自己去想。一切事物都有几种看法，我所说的只是一种看法，你不妨有你自己的看法。我希望你把你自己所想到的写一封回信给我。

无言之美：此时无声胜有声

无言之美

天上的云霞有多么美丽！风涛虫鸟的声息有多么和谐！用颜色来摹绘，用金石丝竹来比拟，任何美术家也是作践天籁，糟蹋自然！无言之美何限？让我这种拙手来写照，已是糟粕枯骸！

孔子有一天突然很高兴地对他的学生说："予欲无言。"子贡就接着问他："子如不言，则小子何述焉？"孔子说："天何言哉？四时行焉，百物生焉，天何言哉？"

这段赞美无言的话，本来从教育方面着想。但是要明了无言的意蕴，宜从美术观点去研究。

言所以达意，然而意决不是完全可以言达的。因为言是固定的，有迹象的；意是瞬息万变，飘渺无踪的。言是散碎的，意是混整的。言是有限的，意是无限的。以言达意，好像用断续的虚线画实物，只能得其近似。

所谓文学，就是以言达意的一种美术。在文学作品中，语言之先的意象，和情绪意旨所附丽的语言，都要尽美尽善，才能引起美感。

尽美尽善的条件很多。但是第一要不违背美术的基本原理，要"和自然逼真"（truetonature）：这句话讲得通俗一点，就是说美术作品不能说谎。不说谎包含有两种意义：一、我们所说的话，就恰似我们所想说的话。二、我们所想说的话，我们都吐肚子说出来了，毫无余蕴。

意既不可以完全达之以言，"和自然逼真"一个条件在文学上不是做不到么？或者我们问得再直接一点，假使语言文字能够完全传达情意，假使笔之于书的和存之于心的铢两悉称，丝毫不爽，这是不是文学上所应希求的一件事？

这个问题是了解文学及其他美术所必须回答的。现在我们姑且答道：文字语言固然不能全部传达情绪意旨，假使能够，也并非文学所应希求的。一切美术作品也都是这样，尽量表现，非唯不能，而也不必。

先从事实下手研究。譬如有一个荒村或任何物体，摄影家把它照一幅相，美术家把它画一幅画。这种相片和图画可以从两个观点去比较：第一，相片或图画，哪一个较"和自然逼真"是不消说的，在同一视阈以内的东西，相片都可以包罗尽致，并且体积比例和实物都两两相称，不会有丝毫错误。图画就不然；美术家对一种境遇，未表现之先，先加一番选择。选择定的材料还须经过一番理想化，把美术家的人格参加进去，然后表现出来。所表现的只是实物一部分，就连这一部分也不必和实物完全一致。所以图画决不能如相片一样"和自然逼真"。第二，我们再问，相片和图画所引起的美感哪一个浓厚，所发生的印象哪一个深刻，这也不消说，稍有美术口胃的人都觉得图画比相片美得多。

文学作品也是同样。譬如《论语》，"子在川上曰：'逝者如斯夫，不舍昼夜！'"几句话决没完全描写出孔子说这番话时候的心境，而"如斯夫"三字更笼统，没有把当时的流水形容尽致。如果说详细一点，孔子也许这样说："河水滚滚地流去，日夜都是这样，没有一刻停止。世界上一切事物不都像这流水时常变化不尽么？过去的事物不就永远过去决不回头么？我看见这流水心中好不惨伤呀！……"但是纵使这样说去，还没有尽意。而比较起来，"逝者如斯夫，不舍昼夜！"九个字比这段长而臭的演义就值得玩味多了！在上等文学作品中，尤其在诗词中这种言不尽意的例子处处都可以看见。譬如陶渊明的《时运》，"有风自南，翼彼新苗"。读《山海经》，"微雨从东来，好风与之俱"，本来没有表现出诗人的情绪，然而玩味起来，自觉有一种闲情逸致，令人心旷神怡。钱起的《省试湘灵鼓瑟》末二句，"曲终人不见，江上数峰青"，也没有说出诗人的心绪，然而一种凄凉惜别的神情自然流露于言语之外。此外像陈子昂的《幽州台怀古》，"前不见古人，后不见来者，念天地之幽幽，独怆然而泪下!" 李白的《怨情》，"美人卷珠帘，深坐蹙蛾眉。但见泪痕湿，不知心恨谁。" 虽然说明了诗人的情感，而所说出来的多么简单，所含蓄的多么深远了。再就写景说，无论何种境遇，要描写得惟妙惟肖，都要费许多笔墨。但是大手笔只选择两三件事轻描淡写一下，完全境遇便呈露眼前，栩栩如生。譬如陶渊明的《归园田居》，"方宅十余亩，草屋八九间。偷柳阴后檐，桃李罗堂前。暖暖远人村，依依墟里烟。狗吠深巷中，鸡鸣桑树巅。" 四十字把乡村风景描写多么真切! 再如杜工部的《后出塞》，"落日照大地，马鸣风萧萧。平沙列万幕，部伍各见招。中天悬明月，令严夜寂寥。悲笳数声动，壮士惨不骄。" 寥寥几句话，把月夜沙场状况写得多么有声有色，然而仔细观察起来，乡村景物还有多少为陶渊明所未提及，战地情况还有多少为杜工部所未提及。从此可知文学上我们并不以尽量表现为难能可贵。

在音乐里面，我们也有这种感想，凡是唱歌奏乐，音调由洪壮急促而变到低微以至于无声的时候，我们精神上就有一种沉默肃穆和平愉快的景象。白香山在《琵琶行》里形容琵琶声音暂时停顿的情况说，"水泉冷涩弦凝绝，凝绝不通声暂歇。别有幽愁暗恨生，此时无声胜有声。" 这就是形容音乐上无言之美的滋味。著名英国诗人济慈（Keats）在《希腊花瓶歌》也说，"听得见的声调固然幽美，听不见的声调尤其幽美"（Heard me lodies are sweet; but, those unheard are sweeter），也是说同样道理。大概喜欢音乐的人都尝过此中滋味。

就戏剧说，无言之美更容易看出。许多作品往往在热闹场中动作快到极重要的一点时，忽然万籁俱寂，现出一种沉默神秘的景象。梅特林克（Maeterlinck）的作品就是好例。譬如《青鸟》的布景，择夜阑人静的时候，使重要角色睡得很长久，就是利用无言之美的道理。梅氏并且说："口开则灵魂之门闭，口闭则灵魂之门开。"赞无言之美的话不能比此更透辟了。莎士比亚的名著《哈姆雷特》一剧开幕便描写更夫守夜的状况，德林瓦特（Drinkwater）在其《林肯》中描写林肯在南北战争军事旁午的时候跪着默祷，王尔德（O.Wilde）的《温德梅尔夫人的扇子》里面描写温德梅尔夫人私奔在她的情人寓所等候的状况，都在兴酣局紧，心悬悬渴望结局时，放出沉默神秘的色彩，都足以证明无言之美的。近代又有一种哑剧和静的布景，或只有动作而无言语，或连动作也没有，就将靠无言之美引人入胜了。

雕刻塑像本来是无言的，也可以拿来说明无言之美。所谓无言，不一定指不说话，是注重在含蓄不露。雕刻以静体传神，有些是流露的，有些是含蓄的。这种分别在眼睛上尤其容易看见。中国有一句谚语说，"金刚怒目，不如菩萨低眉"，所谓怒目，便是流露；所谓低眉，便是含蓄。凡看低头闭目的神像，所生的印象往往特别深刻。最有趣的就是西洋爱神的雕刻，她们男女都是瞎了眼睛。这固然根据希腊的神话，然而实在含有美术的道理，因为爱情通常都在眉目间流露，而流露爱情的眉目是最难比拟的。所以索性雕成盲目，可以耐人寻思。当初雕刻家原不必有意为此，但这些也许是人类不用意识而自然碰的巧。

要说明雕刻上流露和含蓄的分别，希腊著名雕刻《拉奥孔》（Laocoon）是最好的例子。相传拉奥孔犯了大罪，天神用了一种极惨酷的刑法来惩罚他，遣了一条恶蛇把他和他的两个儿子在一块绞死了。在这种极刑之下，未死之前当然有一种悲伤惨戚目不忍睹的一顷刻，而希腊雕刻家并不擒住这一顷刻来表现，他只把将达苦痛极点前一顷刻的神情雕刻出来，所以他所表现的悲哀是含蓄不露的。倘若是流露的，一定带了挣扎呼号的样子。这个雕刻，一眼看去，只觉得他们父子三人都有一种难言之恫；仔细看去，便可发见条条筋肉根根毛孔都暗示一种极苦痛的神情。德国莱辛（Lessing）的名著《拉奥孔》就根据这个雕刻，讨论美术上含蓄的道理。

以上是从各种艺术中信手拈来的几个实例。把这些个别的实例归纳在一起，我们可以得一个公例，就是：拿美术来表现思想和情感，与其尽量流露，不如稍有含蓄；与其吐肚子把一切都说出来，不如留一大部分让欣赏者自己去领会。因为在欣赏者的头脑里所生的印象和美感，有含蓄比较尽量流露的还要更加深刻。换句话说，说出来的越少，留着不说的越多，所引起的美感就越大越深越真切。

这个公例不过是许多事实的总结束。现在我们要进一步求出解释这个公例的理由。我们要问何以说得越少，引起的美感反而越深刻？何以无言之美有如许势力？

想答复这个问题，先要明白美术的使命。人类何以有美术的要求了这个问题本非一言可尽。现在我们姑且说，美术是帮助我们超现实而求安慰于理想境界的。人类的意志可向两方面发展：一是现实界，一是理想界。不过现实界有时受我们的意志支配，有时不受我们的意志支配。譬如我们想造一所房屋，这是一种意志。要达到这个意志，必费许多力气去征服现实，要开荒辟地，要造砖瓦，要架梁柱，要赚钱去请泥水匠。这些事都是人力可以办到的，都是可以用意志支配的。但是现实界凡物皆向他心下坠一条定律，就不可以用意志征服。所以意志在现实界活动，处处遇障碍，处处受限制，不能圆满地达到目的，实际上我们的意志十之八九都要受现实限制，不能自由发展。譬如谁不想有美满的家庭？谁不想住在极乐国？然而在现实界决没有所谓极乐美满的东西存在。因此我们的意志就不能不和现实发生冲突。

一般人遇到意志和现实发生冲突的时候，大半让现实征服了意志，走到悲观烦闷的路上去，以为件件事都不如人意，人生还有什么意味，所以堕落，自杀，逃空门种种的消极的解决法就乘虚而入了，不过这种消极的人生观不是解决意志和现实冲突最好的方法。因为我们人类生来不是懦弱者，而这种消极的人生观甘心让现实把意志征服了，是一种极懦弱的表示。

然则此外还有较好的解决法么？有的，就是我所谓超现实。我们处世有两种态度，人力所能做到的时候，我们竭力征服现实。人力莫可奈何的时候，我们就要暂时超脱现实，储蓄精力待将来再向其他方面征服现实。超脱到哪里去呢，超脱到理想界去。现实界处处有障碍有限制，理想界是天空任鸟飞，极空阔极自由的。现实界不可以造空中楼阁，理想界是可以造空中楼阁的。现实界没有尽美尽善，理想界是有尽美尽善的。

姑取实例来说明。我们走到小城市里去，看见街道窄狭污浊，处处都是阴沟厕所，当然感觉不快，而意志立时就要表示态度。如果意志要征服这种现实哩，我们就要把这种街道房屋一律拆毁，另造宽大的马路和清洁的房屋。但是谈何容易？物质上发生种种障碍，这一层就不一定可以做到。意志在此时如何对付呢？他说：我要超脱现实，去在理想界造成理想的街道房屋来，把它表现在图画上，表现在雕刻上，表现在诗文上。于是结果有所谓美术作品。美术家成了一件作品，自己觉得有创造的大力，当然快乐已极。旁人看见这种作品，觉得它真美丽，于是也愉快起来了，这就是所谓美感。

因此美术家的生活就是超现实的生活；美术作品就是帮助我们超脱现实到理想界去求安慰的。换句话说，我们有美术的要求，就因为现实界待遇我们太刻薄，不肯让我们的意志推行无碍，于是我们的意志就跑到理想界去求慰情的路径。美术作品之所以美，就美在它能够给我们很好的理想境界。所以我们可以说，美术作品的价值高低就看它超现实的程度大小，就看它所创造的理想世界是阔大还是窄狭。

但是美术又不是完全可以和现实界绝缘的。它所用的工具——例如雕刻用的石头，图画用的颜色，诗文用的语言——都是在现实界取来的。它所用的材料例如人物情状悲欢离合——也是现实界的产物。所以美术可以说是以毒攻毒，利用现实的帮助以超脱现实的苦恼。上面我们说过，美术作品的价值高低要看它超脱现实的程度如何。这句话应稍加改正，我们应该说，美术作品的价值高低，就看它能否借极少量的现实界的帮助，创造极大量的理想世界出来。

在实际上说，美术作品借现实界的帮助愈少，所创造的理想世界也因而愈大。再拿相片和图画来说明。何以相片所引起的美感不如图画了呢，因为相片上一形一影，件件都是真实的，而且应有尽有，发泄无遗。我们看相片，种种形影好像钉子把我们的想象力都钉死了。看到相片，好像看到二五，就只能想到一十，不能想到其他数目。换句话说，相片把事物看得式真，没有给我们以想象余地。所以相片，只能抄写现实界，不能创造理想界。图画就不然。图画家用美术眼光，加一番选择的功夫，在一个完全境遇中选择了一小部分事物，把它们又经过一番理想化，然后才表现出来。惟其留着一大部分不表现，欣赏者的想象力才有用武之地。想象作用的结果就是一个理想世界。所以图画所表现的现实世界虽极小而创造的理想世界则极大。孔子谈教育说，"举一隅不以三隅反，则不复也。"相片是把四隅通举出来了，不要你劳力去"复"。图画就只举一隅，叫欣赏者加一番想象，然后"以三隅反"。

流行语中有一句说："言有尽而意无穷"。无穷之意达之以有尽之言，所以有许多意，尽在不言中。文学之所以美，不仅在有尽之言，而尤在无穷之意。推广地说，美术作品之所以美，不是只美在已表现的一部分，尤其是美在未表现而含蓄无穷的一大部分，这就是本文所谓无言之美。

因此美术要和自然逼真一个信条应该这样解释：和自然逼真是要窥出自然的精髓所在，而表现出来；不是说要把自然当作一篇印版文字，很机械地抄写下来。

这里有一个问题会发生。假使我们欣赏美术作品，要注重在未表现而含蓄着的一部分，要超"言"而求"言外意"，各个人有各个人的见解，所得的言外意不是难免殊异么？当然，美术作品之所以美，就美在有弹性，能拉得长，能缩得短。有弹性所以不呆板。同一美术作品，你去玩味有你的趣味，我去玩味有我的趣味。譬如莎氏乐府之所以在艺术上占极高位置，就因为各种阶级的人在不同的环境中都欢喜读他。有弹性所以不陈腐。同一美术作品，今天玩味有今天的趣味，明天玩味有明天的趣味。凡是经不得时代淘汰的作品都不是上乘。上乘文学作品，百读都令人不厌的。

就文学说，诗词比散文的弹性大；换句话说，诗词比散文所含的无言之美更丰富。散文是尽量流露的，愈发挥尽致，愈见其妙。诗词是要含蓄暗示，若即若离，才能引人入胜。现在一般研究文学的人都偏重散文——尤其是小说。对于诗词很疏忽。这件事实可以证明一般人文学欣赏力很薄弱。现在如果要提高文学，必先提高文学欣赏力，要提高文学欣赏力，必先在诗词方面特下功夫，把鉴赏无言之美的能力养得很敏捷。因此我很希望文学创作者在诗词方面多努力，而学校国文课程中诗歌应该占一个重要的位置。

本文论无言之美，只就美术一方面着眼。其实这个道理在伦理哲学教育宗教及实际生活各方面，都不难发现。老子《道德经》开卷便说："道可道，非常道；名可名，非常名。"这就是说伦理哲学中有无言之美。儒家谈教育，大半主张潜移默化，所以拿时雨春风做比喻。佛教及其他宗教之能深入人心，也是借沉默神秘的势力。幼稚园创造者蒙台梭利利用无言之美的办法尤其有趣。在她的幼稚园里，教师每天趁儿童玩得很热闹的时候，猛然地在粉板上写一个"静"字，或奏一声琴。全体儿童于是都跑到自己的座位去，闭着眼睛蒙着头伏案假睡的姿势，但是他们不可睡着。几分钟后，教师又用很轻微的声音，从颇远的地方呼唤各个儿童的名字。听见名字的就要立刻醒起来。这就是使儿童可以在沉默中领略无言之美。

就实际生活方面说，世间最深切的莫如男女爱情。爱情摆在肚子里面比摆在口头上来得恳切。"齐心同所愿，含意俱未伸"和"更无言语空相觑"，比较"细语温存""怜我怜卿"的滋味还要更加甜蜜。英国诗人布莱克（Blake）有一首诗叫做《爱情之秘》（*Love's Secret*）里面说：

（一）

切莫告诉你的爱情，

爱情是永远不可以告诉的，

因为她像微风一样，

不做声不做气地吹着。

（二）

我曾经把我的爱情告诉而又告诉，

我把一切都披肝沥胆地告诉爱人了，

打着寒颤，耸头发地告诉，

然而她终于离我去了！

（三）

她离我去了，

不多时一个过客来了。

不做声不做气地，只微叹一声，

便把她带去了。

这首短诗描写爱情上无言之美的势力，可谓透辟已极了。本来爱情完全是一种心灵的感应，其深刻处是老子所谓不可道不可名的。所以许多诗人以为"爱情"两个字本身就太滥太寻常太乏味，不能拿来写照男女间神圣深挚的情绪。

其实何只爱情了世间有许多奥妙，人心有许多灵悟，都非言语可以传达，一经言语道破，反如甘蔗渣滓，索然无味。这个道理还可以推到宇宙人生诸问题方面去。我们所居的世界是最完美的，就因为它是最不完美的。这话表面看去，不通已极。但是实在含有至理。假如世界是完美的，人类所过的生活——比好一点，是神仙的生活，比坏一点，就是猪的生活——便呆板单调已极，因为倘若件件都尽美尽善了，自然没有希望发生，更没有努力奋斗的必要。人生最可乐的就是活动所生的感觉，就是奋斗成功而得的快慰。世界既完美，我们如何能尝创造成功的快慰呢？这个世界之所以美满，就在有缺陷，就在有希望的机会，有想象的田地。换句话说，世界有缺陷，可能性（potentiality）才大。这种可能而未能的状况就是无言之美。世间有许多奥妙，要留着不说出；世间有许多理想，也应该留着不实现。因为实现以后，跟着"我知道了！"的快慰便是"原来不过如是！"的失望。

天上的云霞有多么美丽！风涛虫鸟的声息有多么和谐！用颜色来摹绘，用金石丝竹来比拟，任何美术家也是作践天籁，糟蹋自然！无言之美何限？让我这种拙手来写照，已是糟粕枯骸！这种罪过我要完全承认的。倘若有人骂我胡言乱道，我也只好引陶渊明的诗回答他说："此中有真味，欲辩已忘言！"

人生路曲折一些又何妨

《谈美书简》代前言：怎样学美学？

正路并不一定就是一条平平坦坦的直路，

难免有些曲折和崎岖险阻，要绕一些弯，甚至难免误入歧途。

从1965年到1977年，我有十多年没有和你们互通消息了。"四人帮"反党集团被一举粉碎之后，我才得到第二次解放，怀着舒畅的心情和老马伏枥的壮志，重理美学旧业，在报刊上发表了几篇文章。相识和不相识的朋友们才知道我这个本当"就木"的老汉居然还在人间，纷纷来信向我提出一些关于学习美学中所遇到的问题，使我颇有应接不暇之势。能抽暇回答的我就回答了，大多数却还来不及回答。我的健康状况，赖经常坚持锻炼，还不算太坏，但今年已八十二岁，毕竟衰老了，而且肩上负担还相当重，要校改一些译稿和文稿，带了两名西方文艺批评史方面的研究生，自己也还在继续学习和研究，此外因为住在首都，还有些要参加的社会活动，够得上说"忙"了。所以来信多不能尽回，对我是一个很大的精神负担。朋友们的不耻下问的盛情都很可感，我怎么能置之不理呢？都理吧，确实有困难，如何是好呢？

不久前，社会科学院外文所在广州召开了工作规划会议。在会议中碰见上海文艺出版社的同志，谈起我在解放前写的一本《谈美——给青年第十三封信》，认为文字通俗易懂，颇合初学美学的青年们需要，于是向我建议另写一部新的《谈美》，在这些年来不断学习马列主义、毛泽东思想的基础上，对美学上一些关键性的问题谈点新的认识。听到这个建议，我"灵机一动"，觉得这是一个好机会，让我给来信未复的朋友们做一次总的回答，比草草做复或许可以谈得详细一点。而且到了这样大年纪了，也该清理一下过去发表的美学言论，看看其中有哪些是放毒，有哪些还可继续商讨。放下这个包袱之后，才可轻装上路，去见马克思。这不免使我想起孟子说的一个故事：从前有一位冯妇力能搏虎，搏过一次虎，下次又遇到一只虎，他又"攘臂下车"去搏，旁观的士大夫们都耻笑冯妇"不知止"。现在我就冒蒙士大夫耻笑的危险，也做一回冯妇吧！

朋友们提的问题很多。最普遍的是：怎样学美学？该具备哪些条件？用什么方法？此外当然还有就具体美学问题征求意见的。例如说："你过去在美学讨论中坚持所谓'主客观统一'，还宣扬什么'直觉说''距离说''移情说'之类'主观唯心主义货色'，经过那么久的批判，是否现在又要'翻案'或'回潮'呢？"

这类问题在以后信中当机谈到，现在先谈较普遍的一个问题：怎样学美学？

西方有一句谚语："条条大路通罗马"，足见通往罗马的路并非只有一条。各人资禀不同，环境不同，工作任务的性质不同，就难免要走不同的道路。学美学也是如此，没有哪一条是学好美学的唯一的路。我只能劝诸位少走弯路，千万不要走上邪路。"四人帮"在文艺界进行法西斯专政时，我们都亲眼看到一些人在买空卖空、弄虚作假，公式随便套，帽子满天飞，或者随风转舵，哪里可谋高官厚禄，就拼命往哪里钻，不知人间有羞耻事。这是一条很不正派的邪路，不能再走了。再走不但要断送个人的前途，而且要耽误我们建设四个现代化的社会主义国家的大业。

我们干的是科学工作，是一项必须实事求是、玩弄不得一点虚假的艰苦工作，既要清醒的头脑和坚定的恒心，也要有排除一切阻碍和干扰的勇气。马克思在《政治经济学批判》序言末尾曾教导我们说："在科学的入口处，正像在地狱的入口处一样，必须提出这样的要求：'到这里人们就应该排除一切疑虑；这个领域里不容许有丝毫畏惧！'"（注：《马克思恩格斯选集》第2卷，第85页，人民出版社1972年版。这是但丁《神曲·地狱篇》题在地狱门楣上的两句诗，译文略有改动。）归根到底，这要涉及人生态度，是敷敷衍衍、蝇营狗苟地混过一生呢？还是下定决心，做一点有益于人类文化的工作呢？立志要研究任何一门科学的人首先都要端正人生态度，认清方向，要"做老实人，说老实话，办老实事"。一切不老实的人做任何需要实事求是的科学工作都不会走上正路的。

正路并不一定就是一条平平坦坦的直路，难免有些曲折和崎岖险阻，要绕一些弯，甚至难免误入歧途。哪个重要的科学实验一次就能成功呢？"失败乃成功之母。"失败的教训一般比成功的经验更有益。现在是和诸位谈心，我不妨约略谈一下自己在美学这条路上怎样走过来的。我在1936年由开明书店出版的《文艺心理学》里曾写过这样一段"自白"：

从前我绝没有梦想到我有一天会走到美学的路上去。我前后在几个大学里做过十四年的大学生，学过许多不相干的功课，解剖过鳖鱼，制造过染色切片，读过艺术史，学过符号逻辑，用过薰烟鼓和电气反应仪器测验过心理反应，可是我从来没有上过一次美学课。我原来的兴趣中心第一是文学，其次是心理学，第三是哲学。因为欢喜文学，我被逼到研究批评的标准、艺术与人生、艺术与自然、内容与形式、语文与思想等问题；因为欢喜心理学，我被逼到研究想象和情感的关系，创造和欣赏的心理活动，以及文艺趣味上的个别差异；因为欢喜哲学，我被逼到研究康德、黑格尔和克罗齐诸人的美学著作。这样一来，美学便成为我所欢喜的几种学问的联络线索了。我现在相信：研究文学、艺术、心理学和哲学的人们如果忽略美学，那是一个很大的欠缺。

事隔四五十年，现在翻看这段自白，觉得大体上符合事实的，只是最后一句话还只顾到一面而没有顾到另一面。我现在（四五十年后的今天）相信：研究美学的人如果不学一点文学、艺术、心理学、历史和哲学，那会是一个更大的欠缺。

为什么要做这点补充呢？因为近几十年我碰见过不少的不学文学、艺术、心理学、历史和哲学，也并没有认真搞过美学的文艺理论"专家"，这些"专家"的"理论"既没有文艺创作和欣赏的基础，又没有心理学、历史和哲学的基础，那就难免要套公式，玩弄抽象概念，你抄我的，我抄你的，以讹传讹。这不但要坑害自己，而且还会在爱好文学和美学的青年朋友们中造成难以估计的不良影响，现在看来还要费大力，而且主要还要靠有觉悟的青年朋友们自己来清除这种影响。但我是乐观的，深信美学和其他科学一样，终有一天要走上正轨，这是人心所向，历史大势所趋。

我自己在学习美学过程中也走过一些弯路和错路。解放前几十年中我一直在东奔西窜，学了一些对美学用处不大的学科。例如在罗素的影响之下我认真地学过英、意、德、法几个流派的符号逻辑，还写过一部介绍性的小册子，稿子交给商务印书馆，在抗日战争早期遭火烧掉了。在弗洛伊特的影响之下，我费过不少精力研究过变态心理学和精神病治疗，还写过一部《变态心理学》（商务印书馆出版）和一部《变态心理学派别》（开明书店出版）。在抗日战争时期，我心情沉闷，在老友熊十力先生影响之下，读过不少的佛典，认真钻研过"成唯识论"，还看了一些医书和谈碑帖的书，可谓够"杂"了。

此外，我还有一个坏习惯：学到点什么，马上就想拿出来贩卖。我的一些主要著作如《文艺心理学》《谈美》《诗论》和英文论文《悲剧心理学》之类都是在学习时代写的。当时作为穷学生，我的动机确实有很大一部分是追求名利。不过这种边买边卖的办法也不是完全没有益处。为着写，学习就得认真些，要就所学习的问题多费些心思来把原书吃透，整理自己的思想和斟酌表达的方式。我发现这也是一个很好的学习方式和思想训练。问题出在我学习得太少了，写得太多太杂了。假如我不那样东奔西窜，在专和精上多下些功夫，效果也许较好些。"事后聪明"，不免有些追悔。所以每逢青年朋友们问我怎样学美学时，我总是劝他们切记毛泽东同志集中精力打歼灭战和先攻主要矛盾的教导。一个战役接着一个战役打，不要东奔西窜，浪费精力。就今天多数青年人来说，目前主要矛盾在资料太少，见闻太狭窄，老是抱着几本"理论专家"的小册子转，一定转不出什么名堂来。学通一两种外语可以勉强看外文书籍了，就可以陆续试译几种美学名著。释译也是学好外文的途径之一。读了几部美学名著，掌握了必要的资料，就可以开始就专题学习写出自己的心得。选题一定要针对我国当前的文艺动态及其所引起的大家都解决的问题。例如毛泽东同志给陈毅同志的一封谈诗的信发表之后，全国展开了关于"形象思维"的讨论。这确实是美学中一个关键性的问题，你从事美学，能不闻不问吗？不闻不问，你怎能使美学为现实社会服务呢？你自己怎能得到集思广益和百家争鸣的好处呢？为着弄清"形象思维"问题，你就得多读些有关的资料和书籍，多听些群众的意见，逐渐改正自己的初步想法，从而逐渐深入到问题的核心，逐渐提高自己的认识能力和思考能力。这样学美学，我认为比较踏实些。我希望青年朋友们不要再蹈我的覆辙，轻易动手写什么美学史。美学史或文学史好比导游书，你替旁人导游而自己却不曾游过，就难免道听途说，养成武断和不老实的习惯，不但对美学无补，而且对文风和学风都要起败坏作用。

在我所走过的变路和错路之中，后果最坏的还是由于很晚才接触到马列主义、毛泽东思想，长期陷在唯心主义和形而上学的泥淖中。解放后，特别在五十年代全国范围的美学批判和讨论中，我才开始认真地学习辩证唯物主义和历史唯物主义，从而逐渐认识到自己过去的一些美学观点的错误。学习逐渐深入，我也逐渐认识到真正掌握和运用马列主义并不是一件易事。如果把它看成易事，就必然有公式化和概念化的危险。我还逐渐认识到历史上一些唯心主义的美学大师，从柏拉图、普洛丁到康德和黑格尔，都还应一分为二地看，在美学领域里他们毕竟做出了不可磨灭的贡献。这一点认识使我进一步懂得了文化批判继承的道理和钻研马列主义的重要性。所以我在指导我的研究生时，特别要求他们努力掌握马列主义。要掌握马列主义，首先就要一切从具体的现实生活出发，实事求是，彻底清除公式化和概念化的恶劣积习，下次信中再着重地谈一谈这个问题。

美如故人

从现实生活出发还是从抽象概念出发？

读到这个"美的定义"，

我倒有"如逢故人"的感觉。

在我接到心向美学的朋友们来信中，经常出现的问题是究竟怎样才算美，"美的本质"是什么？

提问"怎样才算美"的朋友们未免有些谦虚。实际上这些朋友们每天都在接触到一些美的和丑的事物，在情感上都有不同程度的感受甚至激动。例如一个年轻小伙子碰见一位他觉得中意的姑娘，他能没有一点美的感受吗？一个正派人在天安门事件中看见正反两派人物的激烈斗争，不也是多少能感觉到美的确实是美，丑的确实是丑吗？在这种场合放过火热的斗争而追问美的本质是什么，丑的本质是什么，不是有点文不对题吗？一个人如果不是白痴，对于具体的美和丑都有认识，这种认识不一定马上就对，但在不断地体验现实生活和加强文艺修养中，它会逐渐由错误到正确，由浅到深，这正是审美教育的发展过程。而现在有些人放弃亲身接触过和感受过的事物不管，而去追问什么美的本质这个极端抽象的概念，我敢说他们会永远抓不着所谓"美的本质"。法国人往往把"美"叫作"我不知道它是什么"（Je ne sais quoi）。可不是吗？柏拉图说的是一套，亚里士多德说的又是一套，康德说的是一套，黑格尔说的又是一套。从马克思主义立场来看，他们都可一分为二，各有对和不对的两方面。事情本来很复杂，你能把它简单化成一个"美的定义"吗？就算你找到"美的定义"了，你就能据此来解决一切文艺方面的实际问题吗？这问题也涉及文艺创作和欣赏中的一系列问题，以后还要谈到，现在只谈研究美学是要从现实生活中的具体的事例出发，还是从抽象概念出发。

引起我先谈这个问题的是一位老朋友的来信。这位朋友在五十年代美学讨论中和我打过一些交道。他去年写过一篇题为《美的定义及其解说》的近万言长文，承他不弃，来信要我提意见。他的问题在现在一般中青年美学研究工作者中有普遍意义，所以趁这次机会来公开作复。

请先读他的"美的定义"：

美是符合人类社会生活向前发展的历史规律及相应的理想的那些事物底，以其相关的自然性为必要条件，而以其相关的社会性（在有阶级的社会时期主要被阶级性所规定）为决定因素。矛盾统一起来的内在好本质之外部形象特征，诉诸一定人们感受上的一种客观价值。

既是客观规律，又是主观理想；既是内在好本质，又是外部形象特征；既是自然性，又是社会性；既是一定人们感受，又是客观价值。定义把这一大堆抽象概念拼凑在一起，仿佛主观和客观的矛盾就统一起来了。这种玩弄积木式的拼凑倒也煞费苦心，可是解决了什么问题呢？难道根据这样拼凑起来的楼阁，就可以进行文艺创作、欣赏和批评了吗？

"定义"之后还附了十三条"解说"仍旧是玩弄一些抽象概念，说来说去，并没有把"定义"解说清楚。作者始终一本正经，丝毫不用一点具体形象，丝毫不流露一点情感。他是从艺术学院毕业的，听说搞过雕塑和绘画，但始终不谈一点亲身经验，不举一点艺术实践方面的例证。19世纪法国巴那斯派诗人为着要突出他们的现实主义，曾标榜所谓"不动情"（impassivié）。"定义"的规定者确实做到了这一点，在文章里怕犯"人情味"的忌讳，阉割了自己，也阉割了读者，不管读者爱听不爱听，他硬塞给你的就只有这种光秃秃硬邦邦的枯燥货色，连文字也还似通不通。到什么时候才能看到这种文风改变过来呢！

读到这个"美的定义"，我倒有"如逢故人"的感觉。这位故人仍是五十年代美学讨论中的故人。当前，党的工作重点实行了转移，实现四个现代化成了全国人民的中心任务，各条战线正在热火朝天地大干快上，文艺界面貌也焕然一新。但这一切在这位搜寻"美的定义"的老朋友身上仿佛都没有起一点作用，他还是那样坐井观天，纹风不动！

十三条"解说"之后又来了一个"附记"。作者在引了毛泽东同志的研究工作不应当从定义出发的教导后，马上就来了一个一百八十度大转变的"然而"："然而同时并不排除经过实事求是的研究而从获得的结论中，归纳、概括、抽绎出定义。"是呀，你根据什么"实事"求出什么"是"呢？你这是遵循毛主席的"辩证唯物主义路线"吗？

接着作者还来了一个声明：

以上"美"的定义，无非自己在美学研究长途中的一个小小暂时"纪程"而已。以后于其视为绊脚石时，自己或旁人，都可以而且应当无所爱惜地踢开它！

这里有一个惊叹号，是文中唯一的动了一点情感的地方，表现出决心和勇气。不过作为一个老友，我应该直率地说，你的定义以及你得出定义所用的方法正是你的绊脚石。你如何处理这块绊脚石，且观后效吧！

读过这篇"美的定义"之后不久，我有机会上过一堂生动的美学课，看到新上演的意大利和法国合摄的电影片《巴黎圣母院》。听到那位既聋哑而又奇丑的敲钟人在见到那位能歌善舞的吉卜赛女郎时，结结巴巴地使劲连声叫：
"美！美！美……"我不禁联想起"美的定义"。我想这位敲钟人一定没有
研究过"美的定义"，但他的一生事迹，使我深信他是个真正懂得什么是美的
人，他连声叫出的"美"确实是出自肺腑的。一听到就使我受到极大的震动，
悲喜交集，也惊赞雨果毕竟是个名不虚传的伟大作家。这位敲钟人本是一个孤
儿，受尽流离困苦才当上一个在圣母院里敲钟的奴隶。圣母院里的一个高级僧
侣偷看到吉卜赛女郎歌舞，便动了淫念，迫使敲钟人去把她劫掠过来。在劫掠
中敲钟人遭到了群众的毒打，渴得要命，奄奄一息之际，给他水喝因而救了他
命的正是那被他的恶棍主子差遣去劫夺的吉卜赛女郎。她不但不跟群众一起去
打他，而且出于同受压迫的穷苦人的同情，毅然站出来救了他的命。她不仅
面貌美，灵貌也美。这一口水之恩使敲钟人认识到什么是善和恶、美和丑，什
么是人类的爱和恨。以后到每个紧要关头，他都是吉卜赛女郎的救护人，甚至
设法去成全她对卫队长的单相思。把她藏在钟楼里使她免于死的是他，识破那
恶棍对她的阴谋的是他，最后把那个恶棍从高楼上扔下摔死，因而替女郎报了
仇、雪了恨的也还是他。这个女郎以施行魔术的罪名被处死，尸首抛到地下墓
道里，他在深夜里探索到尸首所在，便和她并头躺下，自己也就断了气。就是
这样一个五官不全而又奇丑的处在社会最下层的小人物，却显出超人的大力、
大智和大勇乃至大慈大悲。这是我在文艺作品中很少见到的小人物的高大形
象。我不瞒你说，我受到了很大的感动。

　　我说这次我上了一堂生动的美学课。这不仅使我坚定了一个老信念：现
实生活经验和文艺修养是研究美学所必备的基本条件，而且使我进一步想到美
学中的一些关键问题。首先是自然美与艺术美的关系和区别问题。现实中有没
有像敲钟人那样小人物的高大形象呢？我不敢作出肯定或否定的回答，我只能
说，至少是我没有见过。我认为雨果所写的敲钟人是艺术创造出来的奇迹，是

经过夸张虚构、集中化和典型化才创造出来的。敲钟人的身体丑烘托出而且提高了他的灵魂美。这样，自然丑本身作为这部艺术作品中的一个重要因素，也就转化为艺术美。艺术必根据自然，但艺术美并不等于自然美，而自然丑也可以转化为艺术美，这就说明了艺术家有描写丑恶的权利。

这部影片也使我回忆起不久前读过的人民美术出版社1978年印行的《罗丹艺术论》及其附载的一篇《读后记》。罗丹的《艺术论》是一位艺术大师总结长期艺术实践的经验之谈，既亲切而又深刻，在读过《罗丹艺术论》正文之后再读《读后记》，不免感到《读后记》和正文太不协调了。不协调在哪里呢？罗丹是从亲身实践出发的，句句话都出自肺腑；《读后记》是从公式概念出发的，不但蔑视客观事实；而且帽子棍子满天飞。

过去这些年写评论文章和文艺史著作的都要硬套一个千篇一律的公式：先是拼凑一个历史背景，给人一个运用历史唯物主义的假象；接着就"一分为二"，先褒后贬，或先贬后褒，大发一番空议论，歪曲历史事实来为自己的片面论点打掩护。往往是褒既不彻底，贬也不彻底，褒与贬互相抵销。凭什么褒，凭什么贬呢？法官式的评论员心中早有一套法典，其中条文不外是"进步""反动""革命""人民性""阶级性""现实主义""浪漫主义""世界观""创作方法""自然主义""理想主义""人性论""人道主义""颓废主义"……之类离开具体内容就很空洞的抽象概念，随处都可套上，随处都不很合式。任何一位评论员都用不着对文艺作品有任何感性认识，就可以大笔一挥，洋洋万言。我很怀疑这种评论有几个人真正要看。这不仅浪费执笔者和读者的时间，而且败坏了文风和学风。现在是应该认真对待这个问题的时候了！

《读后记》的作者对罗丹确实有褒有贬，不过贬抵销了褒。我们先看他对罗丹所控诉的罪状，再考虑一下如果这些罪状能成立，罗丹还有什么可褒的？为什么把他介绍到中国来？

作者一方面肯定了罗丹的现实主义，另一方面又指责罗丹的现实主义"不过是'写真实'的别名"。我们还记得"写真实"过去在我们中间成了一条罪状，难道现实主义就不要"写真实"吗？作者还挑剔罗丹不该把现实主义说成"诚挚是唯一的法则"，理由是"根本不可能有什么超阶级的'诚挚'"，试问过去公认的一些阶级成分并不怎么好的现实主义大师，例如莎士比亚、菲尔丁、巴尔扎克、易卜生、托尔斯泰等等，都不"诚挚"，都在以说谎骗人为业吗？作者还重点地讨论了艺术如何运用丑的问题。他先褒了一笔，肯定罗丹描绘丑陋有不肯粉饰生活的"积极内容"，没有否认自然丑可以化为艺术美，接着就指责罗丹"偏爱残缺美"，毕竟"含有不健康的消极因素"，因为他"受到了颓废思潮的很深的影响"，"罗丹思想上同颓废派的联系，使他不能正确辨认生活与艺术中的一切美丑现象"。试问罗丹既不能正确辨认生活与艺术中的一切美丑现象，他不就成了白痴吗？还凭什么创造出那些公认为杰出的作品呢？罪状还不仅此，罗丹"偏爱残缺美"，"也破坏了艺术的形式美"，"罗丹作品形式上的缺点正是反映了内容空虚和消极反动"。总之，一戴上"颓废派"的帽子，一个艺术家就必须一棍子打死。请问广大读者，《罗丹艺术论》和罗丹的作品究竟在哪一点上表明他是个颓废派呢？就历史事实来说，罗丹在"思想上同颓废派"究竟有什么联系吗？和他联系较多的人是雨果和巴尔扎克，他替这两位伟大小说家都雕过像，此外还有大诗人波德莱尔，他和罗丹是互相倾慕的。波德莱尔的诗集命名为《恶之花》，一出版就成了一部最畅销的书，可见得到了广大群众的批准。但是《恶之花》这个不雅驯的名称（注：趁便指出：原文mal应译为"病"，即"世纪病"中的"病"，"罪恶"是误译）便注定了他在某些人心目中成了"颓废派"的代表。罗丹和他确实有联系，那他也就成了颓废派。依这种逻辑，雨果和巴尔扎克当然也就应归入颓废派了。要深文罗织，找罪证也不难，雨果不是在《巴黎圣母院》里塑造了五官不全的奇丑的敲钟人吗？巴尔扎克不也写过许多丑恶的人和丑恶的事吗？

我们在这里并不是要为颓废派辩护。在19世纪末，据说颓废主义是普遍流行的"世纪病"。这是客观事实，而且也有它的历史根源。处在帝国主义渐就没落时期，一般资产阶级文化人和文艺工作者大半既不满现状而又看不清出路，有些颓废倾向，而且还宣扬人性论、人道主义、天才论、不可知论和一些其他奇谈怪论。他们的作品难免有这样和那样的毒素，但毕竟有"不粉饰现实生活的积极内容"，而且在艺术上还有些达到很高的成就，我们究竟应该如何对待他们呢？为着保健防疫，是不是就应干脆把他们一扫而空，在历史上留一段空白为妙呢？这其实就是"割断历史"的虚无主义，与马克思主义毫无共通之处。

朋友们，我和诸位在文艺界和美学界有"同行"之雅，在这封信里向诸位谈心，以一个年过八十的老汉还经常带一点火气，难免要冒犯一些人。我实在忍不下去啦！请原谅这种苦口婆心吧！让我们振奋精神，解放思想，肃清余毒，轻装上阵吧！

相看两不厌
从生理学观点谈美与美感

我有时逃开自我，俨然变成一棵植物，

我觉得自己是草，是飞马，是树顶，是云，是流水，

是天地相接的那一条地平线。

你们来信常追问我：美是什么？美感是什么？美与美感有什么关系？美是否纯粹是客观的或主观的？我在第二封信里已强调过这样从抽象概念出发来对本质下定义的方法是形而上学的。要解决问题，就要从具体情况出发，而审美活动的具体情况是极其复杂的。前信已谈到从马克思在《资本论》里关于"劳动"的分析看，就可以看出物质生产和精神生产都有审美问题，既涉及复杂的心理活动，又涉及复杂的生理活动。这两种活动本来是分不开的，为着说明的方便，姑且把它们分开来说。在第三封信《谈人》里我们已约略谈了一点心理学常识，现在再就节奏感、移情作用和内模仿这三项来谈一点生理学常识。

其一，节奏感。节奏是音乐、舞蹈和歌唱这些最原始也最普遍的三位一体的艺术所同具的一个要素。节奏不仅见于艺术作品，也见于人的生理活动。人体中呼吸、循环、运动等器官本身的自然的有规律的起伏流转就是节奏。人用他的感觉器官和运动器官去应付审美对象时，如果对象所表现的节奏符合生理的自然节奏，人就感到和谐和愉快，否则就感到"拗"或"失调"，就不愉

快。例如听京戏或鼓书，如果演奏艺术高超，像过去的杨小楼和刘宝全那样，我们便觉得每个字音和每一拍的长短高低快慢都恰到好处，有"流转如弹丸"之妙。如果某句落掉一拍，或某板偏高或偏低，我们全身筋肉就仿佛突然受到一种不愉快的震撼，这就叫作节奏感。

为着跟上节奏，我们常用手脚去"打板"，其实全身筋肉都在"打板"。这里还有心理上的"预期"作用。节奏总有一种习惯的模式。听到上一板，我们就"预期"下一板的长短高低快慢如何，如果下一板果然契合预期，美感便加强，否则美感就遭到破坏。在这种美或不美的节奏感里你能说它是纯粹主观的或纯粹客观的吗？或则说它纯粹是心理的或纯粹是生理的吗？

节奏是主观与客观的统一，也是心理和生理的统一。它是内心生活（思想和情趣）的传达媒介。艺术家把应表现的思想和情趣表现在音调和节奏里，听众就从这音调节奏中体验或感染到那种思想和情趣，从而起同情共鸣。

举具体事例来说，试比较分析一下这两段诗：

> 噫吁嚱？危乎高哉！蜀道之难，难于上青天！……其险也若此，嗟尔远道之人胡为乎来哉！
>
> ——李白《蜀道难》
>
> 昵昵儿女语，恩怨相尔汝。划然变轩昂，勇士赴敌场。浮云柳絮无根蒂，天地阔远随飞扬。……跻攀分寸不可上，失势一落千丈强！
>
> ——韩愈《听颖师弹琴》

李诗突兀沉雄，使人得到崇高风格中的惊惧感觉，节奏比较慢，起伏不平。韩诗变化多姿，妙肖琴音由细绵细腻，突然转到高昂开阔，反复荡漾，结尾的两句就上升的艰险和下降的突兀做了强烈的对比。音调节奏恰恰传出琴音本身的变化。正确的朗诵须使音调节奏暗示出意象和情趣的变化发展。这就必然要引起呼吸、循环、发奋等器官乃至全身筋肉的活动。你能离开这些复杂的生理活动而谈欣赏音调节奏的美感吗？你能离开这种具体的美感而抽象地谈美的本质吗？

节奏主要见于声音，但也不限于声音，形体长短大小粗细相错综，颜色深浅浓淡和不同调质相错综，也都可以见出规律和节奏。建筑也有它所特有的节奏，所以过去美学家们把建筑比作"冻结的或凝固的音乐"。一部文艺作品在布局上要有"起承转合"的节奏。我读姚雪垠同志的《李自成》，特别欣赏他在戎马仓皇的紧张局面之中穿插些明末宫廷生活之类安逸闲散的配搭，既见出反衬，也见出起伏的节奏，否则便会平板单调。我们有些音乐和文学方面的作品往往一味高昂紧张，就有缺乏节奏感的毛病。

"张而不弛，吾不为也！"

其二，移情作用：观念联想。19世纪以来，西方美学界最大的流派是以费肖尔父子为首的新黑格尔派，他们最大的成就在对于移情作用的研究和讨论。所谓"移情作用"（einfuhlung）指人在聚精会神中观照一个对象自然或艺术作曲时，由物我两忘达到物我同一，把人的生命和情趣"外射"或移注到对象里去，使本无生命和情趣的外物仿佛具有人的生命活动，使本来只有物理的东西也显得有人情。最明显的事例是观照自然景物以及由此产生的文艺作品。

我因诗词里咏物警句大半都显出移情作用。例如下列名句：

相看两不厌，只有敬亭山。

——李白

感时花溅泪，恨别鸟惊心。

——杜甫

颠狂柳絮随风舞，轻薄桃花逐水流。

——杜甫

数峰清苦，商略黄昏雨。

——姜夔

可堪孤馆闭春寒，杜鹃声里斜阳暮。

——秦观

都是把物写成人，静的写成动的，无情写成有情，于是山可以看人而不厌，柳絮可以"颠狂"，桃花可以"轻薄"，山峰可以"清苦"，领略黄昏雨的滋味。从此可见，诗中的"比"和"兴"大半起于移情作用，上例有些是显喻，有些是隐喻，隐显各有程度之差，较隐的是姜秦两例，写的是景物，骨子里是诗人抒发自己的黄昏思想和孤独心情。上举各例也说明移情作用和形象思维也有密切关系。

移情说的一个重要代表立普斯反对从生理学观点来解释移植现象，主张要专用心理学观点，运用英国经验主义派的"观念联想"（特别是其中的"类似联想"）来解释。他举希腊建筑中的道苗式石柱为例。这种石柱支持上面的沉重的平顶，本应使人感到它受重压而下垂，而我们实际看到的是它仿佛在耸立上腾，出力抵抗。立普斯把这种印象叫作"空间意象"，认为它起于类似联想，石柱的姿态引起人在类似情况中耸立上腾、出力抵抗的观念或意象，在聚精会神中就把这种意象移到石柱上，于是石柱就仿佛耸立上腾、奋力抵抗了。立普斯的这种看法偏重移情作用的由我及物的一方面，唯心色彩较浓。

其三，移情作用：内模仿。同属移情派而与立普斯对立的是谷鲁斯。他侧重移情作用的由物及我的一方面，用的是生理学观点，认为移情作用是一种"内模仿"。在他的名著《动物的游戏》里举过看跑马的例子：

一个人在看跑马，真正的模仿当然不能实现，他不但不肯放弃座位，而且有许多理由使他不能去跟着马跑，所以只心领神会地模仿马的跑动，去享受这种内模仿所产生的快感。这就是一种最简单、最基本、最纯粹的审美的观赏了。

他认为审美活动应该只有内在的模仿而不应有货真价实的模仿。如果运动的冲动过分强烈，例如西欧一度有不少的少年因读了歌德的《少年维特之烦恼》就模仿维特自杀，那就要破坏美感了。正如中国过去传说有人看演曹操老奸巨猾的戏，就义愤填膺，提刀上台把那位演曹操的角色杀掉，也不能起美感一样。

谷鲁斯还认为内模仿带有游戏的性质。这是受到席勒和斯宾塞的"游戏说"的影响，把游戏看作艺术的起源。从文艺的创作和欣赏的角度看，内模仿确实有很多例证。上文已谈到的节奏感就是一例。中国文论中的"气势"和"神韵"，中国画论中的"气韵生动"都是凭内模仿作用体会出来的。中国书法向来自成一种艺术，康有为在《广艺舟双楫》里说字有十美，其中如"魄力雄强""气象浑穆""意态奇逸""精神飞动"之类显然都显出移情作用的内模仿。书法往往表现出人格，颜真卿的书法就像他为人一样刚正，风骨凛然；赵孟頫的书法就像他为人一样清秀妩媚，随圆就方。我们欣赏颜字那样刚劲，便不由自主地正襟危坐，模仿他的端庄刚劲；我们欣赏赵字那样秀媚，便不由自主地松散筋肉，模仿他的潇洒婀娜的姿态。

西方作家描绘移情中内模仿事例更多，现在举19世纪两位法国的著名的小说家为例。一位是女作家乔治·桑，她在《印象和回忆》里说：

　　我有时逃开自我，俨然变成一棵植物，我觉得自己是草，是飞马，是树顶，是云，是流水，是天地相接的那一条地平线，觉得自己是这种颜色或那种形体，瞬息万变，去来无碍，时而走，时而飞，时而潜，时而饮露，向着太阳开花，或栖在叶背安眠。天鹅飞升时我也飞升，蜥蜴跳跃时我也跳跃，萤火和星光闪耀时我也闪耀。总之，我所栖息的天地仿佛全是由我自己伸张出来的。

另一位是写实派大师福楼拜，他在通信里描绘他写《包法利夫人》那部杰作时说：

写作中把自己完全忘去，创造什么人物就过着什么人物的生活，真是一件快事。今天我就同时是丈夫和妻子，情人和姘头（小说中的人物——引者注），我骑马在树林里漫游，时当秋暮，满林黄叶（小说中的情景——引者注），我觉得自己就是马，就是风，就是两人的情语，就是使他们的填满情波的眼睛眯着的那道阳光。

这两例都说明作者在创作中体物入微，达到物我同一的境界，就引起移情作用中的内模仿。凡是模仿都或多或少地涉及筋肉活动，这种筋肉活动当然要在脑里留下印象，作为审美活动中一个重要因素，过去心理学家认为人有视、听、嗅、味、触五官，其个只有视、听两种感官涉及美感。近代美学日渐重视筋肉运动，于五官之外还添上运动感官或筋肉感官（kinetic sense），并且倾向于把筋肉感看作美感的一个重要因素。其实中国书家和画家早就明白这个道理了。

其四，审美者和审美对象各有两种类型。审美的主体（人）和审美的对象（自然和文艺作品）都有两种不同的类型，而这两种类型又各有程度上的差别和交叉，这就导致美与美感问题的复杂化。先就人来说，心理学早就把人分成"知觉型"和"运动型"。例如看一个圆形，知觉型的人一看到圆形就直接凭知觉认识到它是圆的，运动型的人还要用眼睛沿着圆周线作一种圆形的运动，从这种眼球筋肉运动中才体会到它是圆的。近来美学家又把人分成"旁观型"和"分享型"，大略相当于知觉型和运动型。纯粹旁观型的人不易起移情作用，更不易起内模仿活动，分明意识到我是我，物是物，却仍能欣赏物的形象美。纯粹分享型的人在聚精会神中就达到物我两忘和物我同一，必然引起移情作用和内模仿。这种分别就是尼采在《悲剧的诞生》里所指出的日神精神（旁观）与酒神精神（分享）的分别。狄德罗在他的《谈演员》的名著里也强调过这个分别。他认为演员也有两种类型，一种演员演什么角色，就化成那个角色，把自己全忘了，让那个角色的思想情感支配自己的动作姿势和语调。另一种演员尽管把角色演得惟妙惟肖，却时时刻刻冷静地旁观自己的表演是否符合他早已想好的那个理想的范本。狄德罗本人则推尊旁观型演员而贬低分享型演员，不过也有人持相反的看法。上面所介绍过的立普斯显然属于知觉型和旁观型，感觉不到筋肉活动和内模仿，谷鲁斯却属于运动型或分享型。因此，两人对于美感的看法就不能相同。

我还记得50年代的美学讨论中攻击的靶子之一就是我的"唯心主义的"移情作用，现在趁这次重新谈美的机会，就这个问题进行一番自我分析和检讨。我仍得坦白招认，我还是相信移情作用和内模仿的。这是事实俱在，不容一笔抹杀。我还想到在1859年左右移情派祖师费肖尔的五卷本《美学》刚出版不久，马克思就在百忙中把它读完而且作了笔记，足见马克思并没有把它一笔抹杀，最好进一步就这方面进行一些研究再下结论。我凭个人经验的分析，认识到这问题毕竟很复杂。在审美活动中尽管我一向赞赏冷静旁观，有时还是一个分享者，例如我读《史记·刺客列传》叙述荆轲刺秦王那一段，到"图穷而匕首见"时我真正为荆轲提心吊胆，接着到荆轲"左手把秦王之袖而右手持匕首揇之"时，我确实从自己的筋肉活动上体验到"持"和"揇"的紧张局面。以下一系列动作我也不是冷静地用眼睛看到的，而是紧张地用筋肉感觉到的。我特别爱欣赏这段散文，大概这种强烈的筋肉感也起了作用，因此，我相信美感中有筋肉感这个重要因素。我还相信古代人、老年人、不大劳动的知识分子多属于冷静的旁观者，现代人、青年人、工人和战士多属于热烈的分享者。

审美的对象也有静态的和动态的两大类型。首先指出这个分别的是德国启蒙运动领袖莱辛。他在《拉奥孔》里指出诗和画的差异。画是描绘形态的，是运用线条和颜色的艺术，线条和颜色的各部分是在空间上分布平铺的，也就是处于静态的。诗是运用语言的艺术，是叙述动作情节的，情节的各部分是在时间上先后承续的，也就是处于动态的。就所涉及的感官来说，画要通过眼睛来接受，诗却要通过耳朵来接受。不过莱辛并不排除画也可化静为动，诗也可化美为媚。"媚"就是一种动态美。拿中国诗画为例来说，画一般是描绘静态的，可是中国画家一向把"气韵生动"，"从神似求形似"，"画中有诗"作为首要原则，都是要求画化静为动。诗化美为媚。就是把静止的形体美化为流动的动作美。《诗经·卫风》中有一章描绘美人的诗便是一个顶好的例：

……手如柔荑（嫩草），肤如凝脂（凝固的脂肪），领如蝤蛴（颈像蚕蛹），螓（一种虫）首蛾眉，齿如瓠犀（瓜子）；巧笑倩兮，美目盼兮！

前五句罗列头上各部分，用许多不伦不类的比喻，也没有烘托出一个美人来。最后两句突然化静为动，着墨虽少，却把一个美人的姿态神情完全描绘出来了。读前五句，我丝毫不起移情作用和内模仿，也不起美感；读后两句，我感到活跃的移情作用、内模仿和生动的美感。这就说明客观对象的性质在美感里确实会起重要的作用。同是一个故事情节写在诗里和写在散文里效果也不同。例如白居易的《长恨歌》和陈鸿的《长恨歌传》不同；同是一个故事情节写在一部小说或剧本里，和表演在舞台上或放映在电视里效果也各不相同，不同的观众也有见仁见智，见浅见深之别。

我唠叨了这半天，目的是要回答开头时所提的那几个问题。首先，美确实要有一个客观对象，要有"巧笑倩兮，英目盼兮"这样美人的客观存在。不过这种姿态可以由无数不同的美人表现出，这就使美的本质问题复杂化。其次，审美也确要有一个主体，美是价值，就离不开评价者和欣赏者。如果这种美人处在空无一人的大沙漠里，或一片漆黑的黑夜里，她的"巧笑倩兮，美目盼兮"能产生什么美感呢？凭什么能说她美呢？就是在闹市大白天里，千千万万人都看到她，都感到她同样美吗？老话不是说："情人眼底出西施"吗？不同的人不会见到不同的西施，具有不同的美感吗？

我们在前信已说明过在审美活动中主体和对象两方面的具体情况都极为复杂。我们当前的任务是先仔细调查和分析这些具体情况，还是急急忙忙先对美和美感的本质及其相互关系作出抽象的结论来下些定义呢？我不敢越俎代庖，就请诸位自己作出抉择吧！

在普通生活中活出色彩

典型环境中的典型人物

每个人都是一个整体，

本身就是一个世界，每个人都是一个完满的有生气的人，

而不是某种孤立的性格特征的寓言式的抽象品。

前信略谈了各门艺术的差别和关系以及文学作为语言艺术的独特地位，在这个基础上就可接着谈文学创作中"典型环境中的典型人物"这个重要问题了。

艺术创作的功用不外是抒情、状物、叙事和说理四大项。各门艺术在这四方面各有特点，例如音乐和抒情诗歌特长于抒情，雕刻和绘画特长于状物，史诗、戏剧和小说特长于叙事，一般散文作品和文艺科学论著特长于说理。说理文做得好也可以成为文学典范，例如柏拉图的《对话集》、庄周的《庄子》、莱布尼茨的《原子论》和达尔文的《物种起源》。总的来说，文学对上述四大方面都能胜任愉快，而特长在叙事，"典型环境中的典型人物"也主要涉及叙事。事就是行动，即有发展过程的情节。行动的主角就是亚里士多德所说的"在行动中的人"，即人物、人物性格（character）这个词在西文中所指的实即中国戏剧术语的"角色"。character的派生词characterestic是"特征"。在近代文艺理论中"特征"也带有"典型"的意思。典型（希腊文tupo，英文type）的原义是铸物的模子，同一模型可以铸造出无数的铸件。这个词在希腊文与idee为同义词，idee的原义为印象或观念，引印为idea即理想，因此在西文

中过去常以"理想"来代替"典型",在近代,"理想"和"典型"也有时互换使用。"环境"指行动发生的具体场合,即客观现实世界,包括社会类型、民族特色、阶级力量对比、文化传统和时代精神,总之,就是历史发展的现状和趋势。这些词有时引起误解,所以略加说明。

亚里士多德在《诗学》第九章里曾对艺术典型做了很好的说明,到近代,西方文艺理论家们才逐渐理解它的很深刻的意义。其文如下:

诗人的职责不在描述已发生的事,而在描述可能发生的事,即按照可然律和必然律是可能的事。……因此,诗比历史是更哲学的,更严肃的,因为诗所说的大半带有普遍性,而历史所说的则是个别的事。所谓普遍性是指某一类型的人,按照可然律或必然律,在某种场合会做些什么事,说些什么话,诗的目的就在此,尽管它在所写的人物上安上姓名。

由此可见,亚里士多德强调艺术典型须显出事物的本质和规律,不是于事已然,而是于理当然;于事已然都是个别的,于理当然就具有普遍性,所以说诗比历史更是哲学的,更严肃的,也就是具有更高度的真实性。不过诗所写的还是个别人物,即"安上姓名的"人物。在个别人物事迹中见出必然性与普遍性,这就是一般与特殊的统一,正是艺术典型的最精确的意义。

毛泽东同志《在延安文艺座谈会上的讲话》里对艺术典型也说得极透辟:

人类的社会生活虽是文学艺术的唯一源泉,虽是较之后者有不可比拟的生动丰富的内容,但是人民还是不满足于前者而要求后者。这是为什么呢?因为虽然两者都是美,但是文艺作品中反映出来的生活却可以而且应该比普通的实际生活更高,更强烈,更有集中性,更典型,更理想,因此就更带普遍性。革命的文艺,应当根据实际生活创造出各种各样的人物来,帮助群众推动历史的前进。(注:《毛泽东选集》第3卷,第818页,人民出版社1967年版。)

这在强调文艺比实际生活更高等方面,与亚里士多德的话不谋而合,但在新的形势下毛泽东同志特别点出革命的文艺"帮助群众推动历史前进"的教育作用。

在西方，亚里士多德的《诗学》长期没有发生影响，而长期发生影响的是罗马文艺理论家贺拉斯（公元前65—公元8年）的《论诗艺》。这位拉丁古典主义代表把典型狭窄化为"类型"和"定型"。亚里士多德所强调的普遍性不是根据统计平均数而是符合事物的本质和规律，贺拉斯的"类型"则论量不论质，普遍性不是合理性而是代表性，具有类型的人物就是他那一类人物的代表。贺拉斯在《论诗艺》里劝告诗人说："如果你想听众屏息静听到终场，鼓掌叫好，你就必根据每个年龄的特征，把随着年龄变化的性格写得妥贴得体，……不要把老年人写成青年人，把小孩写成成年人。"可见类型便是同类人物的常态，免不了公式化、概念化，既不顾具体环境，也不顾人物的个性。

类型之外，贺拉斯还提出"定型"。他号召诗人最好借用古人在神话传说或文艺作品中已经用过的题材和人物性格，古人把一个人物性格写成什么样，后人借用这个人物性格，也还应写成那样，例如荷马把阿喀琉斯写成"暴躁、残忍和凶猛的人物"，你借用这个古代英雄，也就得把他写成像荷马所写的那样。这种"定型"正是中国旧戏所常用的，例如写曹操或诸葛亮，你就得根据《三国演义》，写宋江或鲁智深，你就得根据《水浒》，写林黛玉或尤三姐，你就得根据《红楼梦》。

贺拉斯之后，西方文艺理论发生影响最大的是17世纪法国新古典主义代表布瓦罗，他也写过一本《论诗艺》，也跟着贺拉斯宣扬类型和定型。这种使典型俗化和固定化的类型为一般而牺牲特殊，为传统而牺牲现实，当然不合我们近代人的口味，但是在过去却长期受到欣赏。理由大概有两种，一种是过去统治阶级（特别是封建领主）为了长保政权，要求一切都规范化和稳定化，类型便是文艺上的规范化，定型便是文艺上的稳定化。也是为了这种政治原因，过去在文艺上登上舞台的主角一般就是在政治上登上舞台的领导人物，他们总是被美化成威风凛凛不可一世的英雄，至于平民一般只能当喜剧中的丑角乃至"跑龙套的"，在正剧中至多也只当个配角。类型和定型盛行的另一个理由是被统治阶级的文化就是统治阶级的文化，一般倾向保守。所以一般听众对自己所熟知的人物和故事比对自己还很生疏的题材和音调还更喜闻乐见。就连我们自己也至今还爱听《三国演义》《封神榜》和《水浒》之类旧小说中的故事和取材于它们的戏剧和曲艺。

话虽如此说，自从近代资产阶级登上历史舞台以来，艺术典型观也确实起了两个重大的转变。第一，在一般与特殊（共性与个性）的对立关系上，重点由共性转向个性，终于达到共性与个性的统一。解放个性原是新兴资产阶级的一个理想。第二，在人物行动的动因方面，艺术典型由蔑视或轻视环境转向重视环境，甚至比人物性格还看得更重要。从前只讲人物性格，现在却讲"典型环境中的典型人物"。这主要由于近代社会政局的激变与自然科学和社会科学的发展而造成的。在美学中这两大转变由德国古典哲学特别是黑格尔哲学开其端，由马克思主义创始人在批判黑格尔的基础上集其大成。现在分述如下：

艺术典型作为共性与个性的统一体所涉及的首要问题是在创作过程中究竟先从哪一方面出发，是从共性还是从个性？这也就是从公式、概念出发还是从具体现实人物事迹出发？首先提出这个问题的是德国诗人歌德。他在1824年的《关于艺术的格言和感想》中有一段著名的语录：

诗人究竟为一般而找特殊，还是在特殊中显出一般，这中间有很大的分别。由前一种程序产生出寓意诗，其中特殊只作为一个例证才有价值。后一种程序才适合诗的本质，它表现出一种特殊，并不想到或明指出一般，谁如果生动地掌握住这特殊，他就会同时获得一般而当时却意识不到，或是事后才意识到。

这个提法很好地解决了形象思维与文艺思想性的关系问题，是一个现实主义的提法，在当时美学界产生了广泛的影响。

黑格尔受歌德的影响就很深，在他的《美学》里多次提到歌德的这类思想。但是他的"理念的感性显现"那个著名的美的定义（亦即艺术典型的定义）显然还是从概念出发，带有客观唯心主义的烙印。不过他比歌德毕竟前进了一步，他认识到歌德还没有认识到或没有充分强调过的典型人物性格与典型环境的统一而典型环境起着决定典型人物性格的作用。"环境"在黑格尔的词汇中叫作"情境"（situation），是由当时"世界情况"（welt Zustand）决定的。世界情况包括他有时称之为"神"的"普遍力量"，即某特定时代的伦理、宗教、法律等方面的人生理想，例如恋爱、名誉、光荣、英雄气质、友谊、亲子爱之类所凝成的"情致"。这些情致各有片面性，在特定情境中会导致冲突斗争（例如忠孝不能两全的情境）。在这种情境中当事人须在行动上决定何去何从，这时才可以显出他的性格，才"揭露出他究竟是什么样的人"，"人格的伟大和刚强的程度只有借矛盾对立的伟大和刚强的程度才能衡量出来"。他这样运用辩证发展的观点来说明人物性格的形成，是颇富于启发性的。他的著名的悲剧学说就是根据这种辩证观点提出来的。

黑格尔虽从"理念"出发，却仍把重点放在"感性显现"上，体现理想的人仍必须是一个活生生的有血有肉的人，他说得很明确：

每个人都是一个整体，本身就是一个世界，每个人都是一个完满的有生气的人，而不是某种孤立的性格特征的寓言式的抽象品。（注：黑格尔：《美学》第1卷，第303页，商务印书馆1979年版。）

在这一点上他毕竟仍和歌德一致，他在《美学》中对一些人性格的分析也显出了这一点。

马克思主义创始人就是在批判继承黑格尔的美学体系中形成他们的艺术

典型观的。恩格斯在致敏·考茨基的信里谈她的《旧人与新人》时说：

　　……每个人都是典型，但同时又是一定的个人。正如黑格尔老人所说的，是"一个这个"（ein diescr），而且应当是如此。（注：《马克思恩格斯选集》第4卷，第453页，人民出版社1972年版。译文略有改动。）

　　不少的读者（包括过去的我自己）感到"一个这个"很费解。其实这个出自《精神现象学》的词组原指"一个这样的具体感性事物"，在这里就指"一个这样的具体人物"，亦即上文"一定的个人"，仍须和上文"每个人都是典型"句联系在一起来看，仍是强调典型与个性的统一。恩格斯在下文批评《旧人与新人》的缺点说，"爱莎过于理想化"，"在阿尔诺德身上，个性就更多地消融到原则里去了"，就是说概念淹没了个性，还不够典型。从此可以体会出上引一段话与其说是称赞《旧人与新人》，倒不如说是陈述他自己的艺术典型观，特别是因为他引了黑格尔的话之后加上了"而且应当如此"。

　　已成成语的"典型环境中的典型人物"是由恩格斯在《致玛·哈克纳斯的情》中首次提出的：

　　据我看来，现实主义的意思是，除细节的真实外，还要真实地再现典型环境中的典型人物。（注：《马克思恩格斯选集》第4卷，第462页，人民出版社1972年版。）

　　恩格斯认为《城市姑娘》还不完全是现实主义的，因为作者对其中人物在消极被动方面的描绘，虽说是够典型的，"但是环绕着这些人物并促使他们行动的环境也许就不是那样典型了"。故事情节发生在1887年左右，当时工人运动已在蓬勃发展，而《城市姑娘》却把当时工人阶级描写成消极被动的一群，等待"来自上面"的恩施，这就不符合历史发展的真实情况，也就是说，环境不够典型。环境既是"环绕着书中人物而促使他们行动的"，环境既不是典型的，人物也就不可能是典型的了。恩格斯与人为善，话往往说得很委婉，在肯定她的人物够典型之前加上一句"在他们的限度之内"（so far as they go,

信原是用英文写的），也就是说"像你所设想的他们那样消极被动"。这封信值得特别注意的是恩格斯把"真实地再现典型环境中的典型人物"看作现实主义的主要因素。典型既然这样与现实主义联系起来，双方都因此获得一个新的更明确的含义，就是符合历史发展的真实情况。马克思和恩格斯都推尊巴尔扎克的《人间喜剧》，也正因为它真实地反映了1816—1848年的历史发展中一些典型环境中的典型人物。

最能说明典型须符合历史发展真实情况的是马克思和恩格斯分别答复拉萨尔的两封信。他们不约而同地都指责拉萨尔所谓"革命悲剧"《佛朗茨·封·济金根》里把一个已没落而仍力图维护特权的封建骑士，写成一个要求宗教自由和民族统一的新兴资产阶级代言人，向罗马教廷和封建领主进行斗争。拉萨尔没有看到当时革命势力是闵泽尔所领导的农民和城市平民。他这个机会主义者竟歪曲了当时历史发展的情况和趋势。更荒谬的是他把17世纪的德国封建骑士的内哄的失败说成"革命悲剧"，而且认为后来的法国革命和1848年的欧洲各国革命的失败也都是复演那次骑士内讧的悲剧，并预言将来的革命也会复演那次悲剧，理由是革命者"目的无限而手段有限"，不得不要"外交手腕"进行欺骗。这就不但根本否定了革命，也否定了历史发展和典型环境中的典型人物。他甚至扬言农民起义比起骑士内讧还更反动，马克思看出他不可救药，便不再回他的信，于是轰动一时的"济金根论战"便告结束。

从上引几封信看，马克思主义创始人都把典型环境看作决定人物性格的因素，而典型环境的内容首先是当时阶级力量的对比。他们的态度始终是朝前看的，他们的同情始终是寄托在前进的革命的一方。他们赋予典型环境中的典型人物性格以一种崭新的意义：典型环境是革命形势中的环境，典型人物也是站在革命方面的人物。我们研究剧本和小说，如果经常根据马克思主义的典型观，对环境和人物性格都进行认真的分析，对文学作品和美学理论的理解就会比较深透些，今后不妨多在这方面下功夫。

要常以新鲜的心情处理眼前的事物

文学作为语文艺术的独特地位

一切艺术都要有一个创造主体和一个创造对象，

因此，它就既要有人的条件，又要有物的条件。

　　前此我们已屡次谈到，研究美学不能不懂点艺术，否则就会就成"空头美学家"，摸不着美学的门。艺术究竟是怎么回事呢？它有哪些门类？各门艺术之间有什么关系和差别？这些都是常识问题，但是懂透也颇不易。

　　"艺术"（art）这个词在西文里本义是"人为"或"人工造作"。艺术与"自然"（现实世界）是对立的，艺术的对象就是自然。就认识观点说，艺术是自然在人的头脑里的"反映"，是一种意识形态；就实距观点说，艺术是人对自然的加工改造，是一种劳动生产，所以艺术有"第二自然"之称。自然也有"人性"的意思，并不全是外在于人的，也包括人自己和他的内心生活。人对自然为什么要加工改造呢？这问题也就是人为什么要劳动生产的问题。答案也很简单，劳动生产是为着适应人的物质生活和精神生活的需要，并且不断地日益改善和提高人的物质生活和精神生活。

　　一切艺术都要有一个创造主体和一个创造对象，因此，它就既要有人的条件，又要有物的条件。人的条件包括艺术家的自然资享、人生经验和文化教养；物的条件包括社会类型、时代精神、民族特色、社会实况和问题，这些都是需要不断加工改造的对象；此外还要加上用来加工改造的工具和媒介（例如木、石、纸、帛、金属、塑料之类材料，造形艺术中的线条和颜色，音乐中的声音和乐器，文学中的语言之类媒介）。所以艺术既离不开人，也离不开物，它和美感一样，也是主客观的统一体。艺术和社会都在不断变化和改革中，经历着长期历史发展的过程。关于艺术的这些基本道理我们前此在学习马克思的《经济学——哲学手稿》和《资本论》、恩格斯的《自然辩证法》等经典著作的有关论述中已略见一斑了。

最常见的艺术门类是诗歌、音乐、舞蹈（三种在起源时是统一体），建筑、雕刻和绘画（合称"造形艺术"），戏剧、小说以及近代歌剧、哑剧和电影剧之类综合性艺术。这些艺术之间的分别和关系，自从莱辛的《拉奥孔》问世以来，一直是西方美学界研究和讨论的问题。德国美学家们一般把艺术分为"空间性的"和"时间性的"两大类。属于空间艺术的有建筑、雕刻和绘画，其功用主要是"状物"，或写静态，描绘在空间中直立和平铺并列有事物形状；所涉及的感官主要是视觉，所用的媒介主要是线条和颜色。属于时间艺术的主要有舞蹈、音乐、诗歌和一般文学，其功用主要是叙事抒情，写动态，描绘的时间上先后承续的事物发展过程，所涉及的感官较多，音乐较单纯，只涉及听觉和节奏感中筋肉运动感觉，舞蹈、诗歌和一般文学则视觉、听觉和筋肉运动感觉都起作用。时间艺术在所用的媒介方面有一个值得重视的差异，这就是其他各种艺术的媒介如声音、线条、色彩之类都是感性的，即可凭感官直接觉察到的；至于文学则用语言为媒介，而语言中的文字却只是代表观念的一种符号，本身并无意义，例如"人"这一观念，各民族用来代表它的文字符号各不相同，英文用man法文用hommo德文用mensch，单凭这种文字符号并不能直接显出"人"的感性形象，只能显出"人"的观念或意义，所以语言这种媒介不是感性的而是观念性的，也就是说，语言要通过符号（字音和字形）间接引起对事物的观念。这个分别黑格尔在他的《美学》里也经常提到。这个分别就是使文学作为语言艺术具有独特地位的首要原因。

其次一个原因是各种艺术都要具有诗意。"诗"（poetry）这个词在西文里和"艺术"（art）一样，本义是"制造"或"创作"，所以黑格尔认为诗是最高的艺术，是一切门类的艺术的共同要素。维柯派美学家克罗齐还认为语言本身就是艺术，美学实际上就是语言学。各门艺术虽彼此有别，毕竟有基本共同点。例如莱辛虽严格区分过诗的画的界限，我国却很早就有诗画同源说。大诗人往往同时是大画家，王维就是一个著例，苏轼说过："观摩诘之画，画中有诗；味摩诘之诗，诗中有画。"苏轼本人就同时擅长诗和画。有起源时诗歌、音乐和舞蹈本是三位一体的综合艺术，后来虽分道扬镳，仍是藕断丝连，例如在近代歌剧和电影剧乃至民间曲艺里，语言艺术都还是一个重要的组成部分。这些都足以见出文学作为语言艺术所占的独特地位。

文学的独特地位，还有一个浅而易见的原因。语言是人和人的交际工具，日常生活中谈话要靠它，交流思想感情要靠它，著书立说要靠它，新闻报道要靠它，宣传教育都要靠它。语言和劳动是人类生活的两大杠杆。任何人都不能不同语言打交道。不是每个人都会音乐、舞蹈、雕刻、绘画和演剧，但是除聋子和哑巴以外，任何人都会说话，都会运用语言。有些人话说得好些，有些人话说得差些，话说得好就会如实地达意，使听者感到舒适、发生美感，这样的说话就成了艺术。说话的艺术就是最初的文学艺术。说话的艺术在古代西方叫作"修辞术"，研究说话艺术的科学叫作"修辞学"，和诗学占有同样重要的地位。古代西方美学绝大部分是诗学和修辞学，亚里士多德、朗吉弩斯、贺拉斯、但丁和文艺复兴时代无数诗论家都可以为证，专论其他艺术的美学著作是寥寥可数的。我国的情况也颇类似，历来盛行的是文论、诗论、诗话和词话，中国美学资料大部分也要从这类著作里找。我们历来对文学的范围是看得很广的，例如《论语》《道德经》《庄子》《列子》之类哲学著作，《左传》《国语》《战国策》《史记》《汉书》之类史学著作，《水经注》《月令》《考工记》《本草纲目》《齐民要术》之类科学著作乃至某些游记、日记、杂记、书简之类日常小品都成了文学典范。过去对此曾有过争论，有人认为西方人把文学限为诗歌、戏剧、小说几种大类型比较科学，其实那些人根本不了解西方学界情况，如果他们翻看一下英国的《万人丛书》或牛津《古典丛书》的目录，或是一部较好的文学史，就会知道西方人也和我们一样把文学的范围看得很广的。

文学在各门艺术中占有这样独特地位，它的媒介既是人人都在运用的语言，而它的范围又这样广阔，这些事实对我们有什么启发呢？我们每个人都在天天运用语言，接触到丰富多彩的社会生活，思想情感时时刻刻在动荡，所以既有了文学工具，又有了文学材料，那就不必妄自菲薄，只要努一把力，就有可能成为语言艺术家或文学家。当文学家并不是任何人的专利。在文学这门艺术方面有些实践经验，认识到艺术究竟是怎么一回事，有了这个坚实基础，再回头研究美学，才能认清道路，不致暗中摸索，浪费时间。

每个人都可当文学家，不要把文学看作高不可攀。不过我在上文"只要努一把力"那个先决条件上加了着重符号，"怎样努力"这个问题就来了。文学各部门包括诗歌、戏剧和小说等的创作我都没有实践经验，关于这方面可以请教中外文学名著以及有关的理论著作，我不敢进什么忠告。我想请诸位特别注意的是语文的基本功。"工欲善其事，必先利其器"，语文就是文学的"器"。从我读到的青年文学家作品看，特别是从诸位向我表示决心要研究美学的许多来信看，多数人的语文基本功离理想还有些距离，用字不妥，行文不顺，生硬拖沓，空话连篇，几乎是常见的毛病。这也难怪诸位，从"四人帮"横行肆虐以来，我们都丧失了十几年的大好时光，没有按部就班地进行学习，而且学风和文风都遭到了败坏，我们耳濡目染的坏文章和坏作品也颇不少，相习成风，不以为怪。一些老作家除掉茅盾、叶圣陶、吕叔湘几位同志以外，也很少有人向我们号召要练语文基本功。我还记得30年代左右，夏丏尊、叶圣陶和朱自清几位同志在《一般》和《中学生》两种青年刊物中曾特辟出"文章病院"，把有语病的文章请进这个"病院"里加以诊断剖析。当时我初放弃文言文，学写语体文，从这个"文章病院"中几位名医的言教和身教中确实获得不少的教益，才认识到语体文也要字斟句酌，于是开始努力养成字斟句酌的习惯，现在回想到那些名医，还深心铭感。我希望热心语文教学的老师们多办些"文章病院"，多做些临床实习，使患病的恢复健康，未患病的知道预防。

我国有句老话："熟读唐诗三百首，不会作诗也会吟。"过去我国学习诗文的人大半都从精选精读一些模范作品入手，用的是"集中全力打歼灭战"的办法，把数量不多的好诗文熟读成诵，反复吟咏，仔细揣摩，不但要懂透每字每句的确切意义，还要推敲出全篇的气势脉络和声音节奏，使它沉浸到自己的心胸和筋肉里，等到自己动笔行文时，于无意中支配着自己的思路和气势。这就要高声朗诵，只浏览默读不行。这是学文言文的长久传统，过去是行之有效的。现在学语体文是否还可以照办呢？从话剧和曲艺演员惯用的训练方法来看，道理还是一样的。我在外国求学学习语文时，看到外国同学乃至作家们也有下这种苦练功夫的。我还记得英国诗人哈罗德·孟罗在世时在大英博物馆附近开了一个专卖诗歌书籍的小书店，每周定期开朗诵会，请诗人们朗诵自己的作品，我在那里曾听过叶芝、艾略特、厄丁通等诗人的朗诵，深受教益，觉得朗诵会是好办法。30年代文学杂志社中一些朋友也在我的寓所里定期举办朗诵会，到抗战才结束。朗读的不只是诗，也有散文，吸引了当时北京的一些青年作家，对他们也起了一些"以文会友"的观察作品。现在广播电台里也有时举行这种朗诵会，颇受听众的欢迎。这种办法还值得推广，小型的文学团体也可以分途举办，它不但可提高文学的兴趣，也有助于语言的基本功。

语言基本功有多种多样的渠道，多注意一般人民大众的活的语言是一种，这是主要的；熟读一些文言的诗文也是一种，这两方面可说的甚多，现在不能详谈。"到处留心皆学问"，这就要靠各种人自己去探索了。"勤学苦练"总是要联在一起的，勤学重要，苦练则更重要。苦练就要勤写。为了谈一点作练习，我特意把延安整风文件重温了一遍，特别是《反对党八股》那一篇。毛泽东同志对党八股的八大罪状申诉得极中肯，可谓"概乎言之"。近三十多年——全国人民对这篇经典著作都在学习而又学习，获益当然不浅，可是就当前文风的实际情况来看，"党八股"似未彻底清除，可见端正文风真不是一件易事。目前每个练习写作的青少年在冲破禁区、解放思想方面还要痛下决心，"做老实人，说老实话"，努力开辟自己的道路，千万不要再做风派人物，"人云亦云"。希望就只有寄托在新起的一代人身上了，所以诸位对文艺方面的移风易俗负有重大责任。我祝愿有勇气提起这副重大责任的人越来越多，替我们的文艺迎来一个光明的前途！

毛泽东同志在《反对党八股》里还引了鲁迅复"北斗杂志社"一封信里所举的八条写文章的规则之中的三条，对青年作家是对症下药的，值得每个青年作家悬为座右铭。

第一条：留心各样的事情，多看看，不看到一点就写。

第二条：写不出的时候不硬写。

第四条：写完后至少看两遍，竭力将可有可无的字、句、段删去，毫不可惜。宁可将可作小说的材料缩成速写，绝不将速写材料拉成小说。

这三条都是作家的金科玉律，对于青年作家来说，第四条特别切合实际，要多做短小精悍的速写，不要一来就写长篇大作。我因此联想起德国青年爱克曼不畏长途跋涉，去向歌德求教，初到不久，歌德就谆谆教导他"不要写大部头作品"，说许多作家包括他自己在内都在"贪图写大部头作品上吃过苦头"，接着他就说出理由：

> 现实生活应该有表现的权利。诗人由日常现实生活触动起来的思想情感都要求表现，而且也应该得到表现。可是如果你脑子里老在想着写一部大部头的作品，此外一切都得靠边站，一切思虑都得推开，这样就要丧失掉生活本身的乐趣。……结果所获得的也不过是困倦和精力的瘫痪。反之，如果作者每天都抓住现实生活，经常以新鲜的心情来处理眼前事物，他就总可以写出一点好作品，既使偶尔不成功，也不会有多大损失。(注：爱克曼：《歌德谈话录》，第4~5页，人民文学出版社1978年版。)

歌德的这番话劝青年作家多就日常现实生活作短篇速写，和鲁迅的教导是不谋而合的。这是一种走现实主义文艺道路的训练。特别是在现代繁忙生活中，每个人的时间都很宝贵，不容易抽出工夫去读"将速写拉成小说"的作品。速写不拉成小说，就要写得简练。我个人生平爱读的一部书是《世说新语》，语言既简练而意味又隽永，是典型的速写作品。刚才引的爱克曼的《歌德谈话录》也正是速写，可见速写也可以写出传世杰作，千万不要小看它。速写最大的方便在于无须费大力去搜寻题材，只要你听从鲁迅的第一条："留心各样的事情，多看看"的教导，速写的材料在日常生活中就俯拾即是，记一次郊游，替熟悉的朋友画个像，记看一次电影的感想，记一次学习会，对当天报纸新闻发一点小议论，给不在面前的爱人写封情书，或是替身边的小朋友编个小童话，讲个小故事，不都行吧？如果你相信我，说到就做到，马上就开始练习速写吧？练习到三五年，你不愁不能写出文学作品，也不愁一些美学问题得不到解决。

浪漫和现实
浪漫主义和现实主义

浪漫主义和现实主义的区分，
作为文艺流派和作为创作方法，是应该分别清楚的。

浪漫主义和现实主义是一个极难谈而又不能不谈的问题。难谈，因为这两个词都是在近代西方才流行，而西方文艺史家对谁是浪漫主义派谁是现实主义派并没有一致的意见。例如斯汤达尔和巴尔扎克都是公认的现实主义大师，而朗生在他的著名的《法国文学史》里，却把他们归到"浪漫主义小说"章，丹麦文学史家勃兰德斯在他的名著《十九世纪欧洲文学主潮》里也把这两位现实主义大师归到"法国浪漫派"。再如福楼拜还公开反对过人们把他尊为现实主义的主教：

大家都同意称为"现实主义"的一切东西都和我毫不相干，尽管他们要把我看作一个现实主义的主教。……自然主义者所追求的一切都是我所鄙弃的。……我所到处寻求的只是美。

值得注意的是福楼拜和一般法国人当时都把现实主义和自然主义看作一回事。以左拉为首的法国自然主义派也自认为是现实主义派。朗生在《法国文学史》里也把福楼拜归到"自然主义"卷里。我还想不起19世纪有哪一位大作家把"浪漫主义"或"现实主义"的标签贴在自己的身上。

　　这问题难谈，还有涉及更实质性的一面，就是没有哪一位真正伟大的作家是百分之百的浪漫主义者或百分之百的现实主义者，实在很难在他们身上贴个名副其实的标签。关于这一点，高尔基在《我怎样学习写作》里说得最好：

　　在谈到象巴尔扎克、屠格涅夫、托尔斯泰、果戈理……这些古典作家时，我们就很难完全正确地说话出——他们到底是浪漫主义者，还是现实主义者。在伟大的艺术家们身上，现实主义和浪漫主义好像永远是结合在一起的。

（注：高尔基：《论文学》，第163页，人民文学出版社1978年版。）

姑举莎士比亚和歌德这两位人所熟知的大诗人为例。莎士比亚是近代浪漫运动的一个很大的推动力，过去文学史家们常把他的戏剧看作和"古典型戏剧"相对立的"浪漫型戏剧"，而近来文学史家们却把莎士比亚尊为"伟大的现实主义者"。究竟谁是谁呢？两说合起来看都对，分开来孤立地看，就都不对。可是我们的文学史家和批评家们在苏联的影响之下，往往把现实主义和浪漫主义割裂开来，随意在一些伟大的作家身上贴上片面的标签。而且由于客观主义在我们中间有较广泛的市场，现实主义又错误地和客观主义混淆起来，因而就比主观色彩较浓的浪漫主义享有较高的荣誉。只要是个人作家，哪怕浪漫主义色彩很浓的诗人，例如拜伦、雪莱和普希金，都成了只是现实主义者，他们的浪漫主义的一面就硬被抹杀掉了。这是对历史事实的歪曲，在读者中容易滋生误解。所以这个难问题还不能不谈。

浪漫主义和现实主义的区分，作为文艺流派和作为创作方法，是应该分别清楚的。作为创作方法，它适用于各个时代和各个民族；作为文艺流派，它只限于18世纪末到19世纪末的一个短暂的时间。过去西方常谈的是古典主义和浪漫主义，很少谈浪漫主义和现实主义，歌德就是一个著例。他在1830年3月21日这样说过：

古典诗和浪漫诗的概念现已传遍全世界，引起许多争执和分歧。这个概念起源于席勒和我两人。我主张诗应采取从客观世界出发的原则，认为只有这种创作方法才可取。但是席勒却用完全主观的方法去写作，认为只有他那种创作方法才是正确的。为了针对我来为他自己辩护，席勒写了一扁论文，题为《论素朴的诗和感伤的诗》。他想向我证明：我违反了自己的意志，实在是浪漫的，说我的《伊菲吉妮娅》由于情感占优势，并不是古典的或符合古代精神的，如某些人所相信的那样。史雷格尔弟兄（注：当时德国著名的文学史家和文艺批评家）抓住这个看法把它加以发挥，因此它就在世界传遍了，目前人人都在谈古典主义和浪漫主义，这是五十年前没有人想得到的区别。（注：《歌德谈话录》，第221页，人民文学出版社1978年版。）

这是涉及本题的最早的也是最重要的文献。歌德本人是标榜古典主义者，而依他的说明，古典主义"从客观世界出发"，所以就是现实主义。席勒"完全用主观的方法"创作，所以是走浪漫主义道路的。

歌德所谈到的席勒的长篇论文对本题也特别重要。席勒从人与自然的关系来区别古典诗（即素朴的诗）与浪漫诗（即感伤诗）。他认为在希腊古典时代，人与自然一体，共处相安，人只消把自然加以人化或神化，就产生素朴的诗；近代人已与自然分裂，眷念人类童年（即古代）的素朴状态，就想"回到自然"，已去者不可复返，于是心情怅惘，就产生感伤的诗。素朴诗人所反映的是直接现实，感伤诗人却表现由现实提升上去的理想。依席勒看，古典主义和浪漫主义的对立就是现实主义与理想主义的对立。古典主义就是现实主义，这是他和歌德一致的；现实主义就是理想主义，这却是他的独特的看法。值得特别注意的是席勒在这篇论文里第一次在文艺上用了"现实主义"这个词（过去只用于哲学）。

无论是歌德还是席勒，都把浪漫主义和古典主义（实即现实主义）当作文艺创作方法来看，还没有把它们当作文艺流派来看，因为当时流派还没有正式形成。从历史发展看，浪漫运动起来较早，是西方资产阶级上升时期个人自由和自我扩张的思想的反映，是政治上对封建领主和基督教会联合统治的反抗，文艺上对法国新古典主义的反抗。这次反抗运动是由法国启蒙运动掀起的，继起的法国大革命又对它增加了巨大的推动力，德国唯心主义哲学对它也起了很大的影响。德国古典哲学（包括美学）本身就是思想领域的浪漫运动。单就美学来说，康德、黑格尔和席勒等人对崇高、悲剧性、天才、自由和个性特征的研究，特别是把文艺放在历史发展的大轮廓里去看的初步尝试，都起了解放思想的作用，提高了人的尊严，深化了人们对于文艺的理解和敏感。由于德国古典哲学是唯心的，把精神和物质的关系首尾倒置，而且把主观能动性摆在不恰当的高度，放纵情感，驰骋幻想，到了漫无约束的程度，产生了史雷格尔所吹嘘的"浪漫式的滑稽态度"，把世间一切看作诗人凭幻想任意摆弄的玩具。

浪漫主义又可分积极的和消极的两派。这个分别是首先由高尔基在《谈谈我怎样学习写作》里指出的：

> 在浪漫主义里面，我们也必须分别清楚两个极端不同的倾向：一个是消极的浪漫主义，——它或则是粉饰现实，想使人和现实妥协；或则是使人逃避现实，堕入自己内心世界的无益的深渊中去，堕入"人生命运之谜"，爱与死等思想去。……［另一个是］积极的浪漫主义，则企图加强人的生活意志，唤起人心中对现实及其一切压迫的反抗心。

从此可见，这两种倾向的差别主要是人生观和政治立场的差别，有它的阶级内容。这当然是正确的，资产阶级文学史家们一般蔑视这种分别，是为着要掩盖社会矛盾，为现存制度服务。不过这个分别也不宜加以绝对化，积极的浪漫主义派往往也有消极的一面，消极的浪漫派往往也有积极的一面，应就具体情况作具体分析。例如在英国多数人眼中，在华兹华斯、雪莱和拜伦这三位浪漫派诗人之中，华兹华斯的地位最高，其次才是雪莱和拜伦，可是由于我们的文学，史家们把雪莱和拜伦摆在积极的浪漫主义派，甚至摆在现实主义派，把华兹华斯摆在消极的浪漫主义派，甚至一棍子打死，根本不提，这不见得是公允的，或符合马克思主义的。

现实主义作为流派，单就起源来说，在西方比浪漫运动较迟，它反映资本主义社会弊病日益显露，资产阶级的幻想开始破灭。科学随工商业的发达所带来的唯物主义和实证主义对它也起了作用。它本身是对于浪漫运动的一种反抗。它不像浪漫运动开始时那样大吹大擂，而是静悄悄地登上历史舞台的。就连现实主义（realism）的称号比起现实主义流派的实际存在还更晚。上文提到的席勒初次使用的"现实主义"指希腊古典主义，与近代现实主义流派不是一回事。作为流派而得到"现实主义"这个称号是在1850年，一位并不出名的法国小说家向佛洛里（Chamflaury），和法国画家库尔柏（Courbet）和多弥耶（Daumier）等人办了一个以《*Realisme*》（现实主义）为名的刊物。他们倒提出了一个口号："不美化现实"，显然受到荷兰画家冉伯伦等人（惯画平凡的甚至丑陋的老汉、村妇或顽童）的画风的影响。当时不但浪漫运动已过去，就连现实主义的一些西欧大师也已完成了他们的杰作，不可能受到这个只办了六期的"现实主义"刊物的影响。

对现实主义文艺提供理论基础的有两种著作值得一提。一种是斯汤达尔的论文《拉辛和莎士比亚》（注：可参看王道乾的译文，上海译文出版社1979年版），这部著作被某些文学史家称为"现实主义作家宣言"，其实它的主旨是攻击新古典主义代表拉辛而推尊"浪漫型戏剧"开山祖莎士比亚的。他的名著《红与黑》的浪漫主义色彩也还很浓。另一种是实证主义派太纳的《艺术哲学》（注：可参看傅雷的译文，人民文学出版社1963年版）。太纳是应用心理学和社会学来研究美学的一位先驱，代表作是《论智力》，已为《艺术哲学》打下基础。他的基本观点是文艺的决定因素不外种族、环境（即他所谓"社会圈子"）和时机三种。他还认为文艺要表现人类长久不变的本质特征，而人性中对社会最有益的特征是孔德所宣扬的爱。不过太纳的主要著作都在19世纪后半期才出版，他不能看作现实主义者预定的纲领。

法国人向来把现实主义叫作"自然主义"。不过法国以外的文学史家们一般却把现实主义和自然主义严格分开，而且"自然主义"多少已成为一个贬词，成为现实主义的尾巴或庸俗化。它的法国的开山祖和主要代表的左拉，他把实证科学过分机械地搬到小说创作里去。他很崇拜贝尔纳的《实验医学研究》，于是就企图运用这位医师的方法来建立所谓"实验小说"。他说：

在每一点上我都要把贝尔纳做靠山。我一般只消把"小说家"这个名称来代替"医生"这个名称，以便把我的思想表达清楚，使它具有科学真理的精确性。(注：《实验小说》法文版，第2页。)

这里所说的"科学真理的精确性"，实际上指自然现象细节的真实性，而不要求抓住客观事物的本质。左拉在他的《卢贡家族的家运》里对一个家族及其所住的小镇市做了一百几十页的烦琐描述，可以为证。自然现象细节的真实性并不等于客观事物的本质和典型化。真正的现实主义所要求的是从具体客观事物出发，去伪存真，去粗取精，对客观事物加以典型化或现象化，显出客观事物的本质和规律，而自然主义虽然也从具体客观事物出发，却满足于依样画葫芦，特别侧重浮面现象的细节。这是现实主义和自然主义的基本分歧。

谈到现实主义，还要说明一下文学史家们所惯用的一个名词："批判现实主义"。首创这个名词的是高尔基。他在一次和青年作家的谈话中，把近代现实主义作家称为资产阶级的"浪子"，指出他们用的是批判现实主义，其特点是：

……除了揭发社会恶习，描写家族传统，宗教教条和法规压制下的个人的生活和冒险外，它不能给人指出一条出路，它很容易地安于现状。

这是不是说批判现实主义是现实主义流派中一个支派呢？恐怕不能这样

看。十八九世纪的现实主义大师们一般都是"资产阶级浪子"，都起了"揭发社会恶习"的作用，却也都没有"指出一条出路"！高尔基正是在肯定他们的功绩时，指出了他们的缺陷。

从上文所谈的可以看出：现实主义和浪漫主义作为流派与作为创作方法虽有联系，却仍应区别开来。作为流派，它在西方限于18世纪末期到19世纪末期，不过有一百年左右的历史。这是特定社会民族的特定时期的历史产物，我们不应把这种作为某一民族、某一时期流派的差别加以普遍化，把它生硬地套到其他时代的其他民族的文艺上去。可是在我们的文学史家们之中，这种硬套办法还很流行，说某某作家是浪漫主义派，某某作家是现实主义派。作为创作方法，任何民族在任何时期都可以有侧重现实主义与侧重浪漫主义之分。像歌德和席勒等人早就说过的，现实主义从客观现实世界出发，抓住其中本质特征，加以典型化；浪漫主义侧重从主观内心世界出发，情感和幻想较占优势。这两种创作方法的基本区别倒是普遍存在的。亚里士多德在《诗书》第二十五章就已指出三种不同的创作方法：

像画家和其他形象创造者一样，诗人既然是一种模仿者，他就必然在三种方式中选择一种模仿者，他就必然在三种方式中选择一种去模仿事物：按照事物本来的样子去模仿，按照事物为人所说所想的样子去模仿，或是照事物的应当有的样子去模仿。

这三种之中第二种专指神话传说的创作方法，暂且不谈，第一种"按照事物本来的样子去模仿"便是现实主义，第三种"照事物应当有的样子去模仿"，从前一般叫作"理想主义"，也可以说就是浪漫主义，因为"理想"仍是人们主观方面的因素。

不过过去人们虽早已看出这种分别，却没有在这上面大做文章。等到十八九世纪作为流派的浪漫主义和现实主义各树一帜，互相争执，于是原先只是自在的分别便变成自觉的分别了。文艺史家和批评家抓住这个分别来捡查过去文艺作品，也就把它们分派到两个对立的阵营中去了。例如有人说在荷马的两部史诗之中，《伊利亚特》是现实主义的，而《奥德赛》却是"浪漫主义"的，并且有人因此断定《奥德赛》的作者不是荷马而是一位女诗人，大概是因为女子较富于浪漫气息吧？

我个人仍认为两种创作方法虽然是客观存在，却不宜过分渲染，使旗帜那样鲜明对立。我还是从主客观统一的观点来看待这个问题。诗是反映客观事物的，而反映客观事物却要通过进行创作的诗人，这里有人有物，有主体，有客体，缺一不行。这问题的正确答案还是所引过的高尔基的那段话；不妨重复一下其中关键性的一句：

在伟大的艺术家们身上，现实主义和浪漫主义时常好像是结合在一起的。

高尔基曾指责批判现实主义"不能给人指出一条出路"，出路何在？当然在革命。所以在我们的社会主义时代，我还是坚信毛泽东同志的"革命的现实主义与革命的浪漫主义相结合"的主张。是否随苏联提"社会主义现实主义"较好呢？我还没有想通，第一，为什么单提现实主义而不提浪漫主义呢？第二，如果涉及过去文艺史，是否也应在"现实主义"之上安一个"奴隶社会""封建社会"或"资本主义"的帽子呢？对这个问题我才开始研究，还不敢下结论。这也是一个重要问题，请诸位也分途研究一下。

欢喜和悲舍

审美范畴中的悲剧性和喜剧性

刚柔相济，是人生应有的节奏。

崇高固可贵，秀美也不可少。

这两个审美范畴说明美感的复杂性，可以随人而异，也可以随对象而异。

　　诸位来信有问到审美范畴的。范畴就是种类。审美范畴往往是成双对立而又可以混合或互转的。例如与美对立的有丑，丑虽不是美，却仍是一个审美范畴。讨论美时往往要联系到丑或不美，例如马克思在《1844年经济学哲学手稿》里就提到劳动者创造美而自己却变成丑陋畸形。特别在近代美学中丑转化为美已日益成为一个重要问题。丑与美不但可以互转，而且可以由反衬而使美者愈美，丑者愈丑。我们在第二封信里就已举例约略谈到丑转化为美以及肉体丑可以增加灵魂美的问题。这还涉及自然美和艺术美的差别和关系的问题。对这类问题深入探讨，可以加深对辩证唯物主义的理解。

　　美与丑之外，对立而可混合或互转的还有崇高和秀美以及悲剧性与喜剧性两对审美范畴。既然叫作审美范畴，也就要隶属于美与丑这两个总的范畴之下。崇高（亦可叫作"雄伟"）与秀美的对立类似中国文论中的"阳刚"与"阴柔"。我在旧著《文艺心理学》第十五章里曾就此详细讨论过。例如狂风暴雨、峭岩悬瀑、老鹰古松之类自然景物以及莎士比亚的《李尔王》、米琪尔安杰罗的雕刻和绘画、贝多芬的《第九交响曲》、屈原的《离骚》、庄子的《逍遥游》和司马迁的《项羽本纪》、阮籍的《咏怀》、李白的《古风》一类文艺作品，都令人起崇高或雄伟之感。春风微雨、娇莺嫩柳、小溪曲涧荷塘之类自然景物和赵孟頫的字画、《花间集》《红楼梦》里的林黛玉、《春江花月夜》乐曲之类文艺作品都令人起秀美之感。崇高的对象以巨大的体积或雄伟的精神气魄突然向我们压来，我们首先感到的是势不可挡，因而惊惧，紧接着这种自卑感就激起自尊感，要把自己提到雄伟对象的高度而鼓舞振奋，感到愉快。所以崇高感有一个由不愉快而转化到高度愉快的过程。一个人多受崇高事物的鼓舞可以消除鄙俗气，在人格上有所提高。至于秀美感则是对娇弱对象的同情和宠爱，自始至终是愉快的。刚柔相济，是人生应有的节奏。崇高固可贵，秀美也不可少。这两个审美范畴说明美感的复杂性，可以随人而异，也可以随对象而异。

至于悲剧和喜剧这一对范畴在西方美学思想发展中一向就占据特别重要的地位，这方面的论著比任何其他审美范畴的都较多。我在旧著《文艺心理学》第十六章"悲剧的喜感"里和第十七章"笑与喜剧"里已扼要介绍过，在新著《西方美学史》里也随时有所陈述，现在不必详谈。悲剧和喜剧都属于戏剧，在分谈悲剧与喜剧之前，应先谈一下戏剧总类的性质。戏剧是对人物动作情节的直接模仿，不是只当作故事来叙述，而是用活人为媒介，当着观众直接扮演出来，所以它是一种最生动鲜明的艺术，也是一种和观众打成一片的艺术。人人都爱看戏，不少的人都爱演戏。戏剧越来越蓬勃发展。黑格尔曾把戏剧放在艺术发展的顶峰。西方几个文艺鼎盛时代，例如古代的希腊，文艺复兴时代的英国、西班牙和法国，浪漫运动时代的德国都由戏剧来领导整个时代的文艺风尚。我们不禁要问：戏剧这个崇高地位是怎样得来的？要回答这个问题，还要"数典不能忘祖"。不但人，就连猴子鸟雀之类动物也模仿同类动物乃至人的声音笑貌和动作来做戏。不但成年人，就连婴儿也爱模仿所见到的事物来做戏，表现出离奇而丰富的幻想，例如和猫狗乃至桌椅谈话，男孩用竹竿当作马骑，女孩装着母亲喂玩具的奶。这些游戏其实就是戏剧的雏形，也是对将来实际劳动生活的学习和训练。多研究一下"儿戏"，就可以了解关于戏剧的许多道理。首先是儿童从这种游戏中得到很大的快乐。这种快乐之中就带有美感。人既然有生命力，就要使他的生命力有用武之地，就要动，动就能发挥生命力，就感到舒畅；不动就感到"闷"，闷就是生命力被堵住，不得畅通，就感到愁苦。汉语"苦"与"闷"连用，"畅"与"快"连用，是大有道理的。马克思论劳动，也说过美感就是人使各种本质力量能发挥作用的乐趣。人为什么爱追求刺激和消遣呢？都是要让生命力畅通无阻，要从不断活动中得到乐趣。因此，不能否定文艺（包括戏剧）的消遣作用，消遣的不是时光而是过剩的精力。要惩罚囚犯，把他放在监狱里还戴上手铐脚镣，就是逼他不能自由动弹而受苦，所以囚犯总是眼巴巴地望着"放风"的时刻。我们现在要罪犯从劳动中得到改造，这是合乎人道主义的。我们正常人往往进行有专责的单调劳动，只有片面的生命力得到发挥，其他大部分生命力也遭到囚禁，难得全面发展，所以也有定时"放风"的必要。戏剧是一个最好的"放风"渠道，因为其他艺术都有所偏，偏于视或偏于听，偏于时间或偏于空间，偏于静态或偏于动态，而戏剧却是综合性最强的艺术，以活人演活事，使全身力量都有发挥作用的余地，而且置身广大群众中，可以有同忧同乐的社会感。所以戏剧所产生的美感在内容上是最复杂、最丰富的。

　　无论是悲剧还是喜剧，作为戏剧，都可以产生这种内容最复杂也最丰富的美感。不过望文生义，悲喜毕竟有所不同，类于悲剧的喜感，西方历来都以亚里士多德在《诗学》里的悲剧净化论为根据来进行争辩或补充。依亚里士多德的看法，悲剧应有由福转祸的结构，结局应该是悲惨的。理想的悲剧主角应该是"和我们自己类似的"好人，为着小过失而遭到大祸，不是罪有应得，也不是完全无过错，这样才既能引起恐惧和哀怜，又不致使我们的正义感受到很大的打击。恐惧和哀怜这两种悲剧情感本来都是不健康的，悲剧激起它们，就导致它们的"净化"或"发散"（kath arsis），因为像脓包一样，把它戳穿，让它发散掉，就减轻它的毒力，所以对人在心理上起健康作用。这一说就是近代心理分析源弗洛伊德（S.Freud）的"欲望升华"或"发散治疗"说的滥觞。依这位变态心理学家的看法，人心深处有些原始欲望，最突出的是子对母和女对父的性欲，和文明社会的道德法律不相容，被压抑到下意识里形成"情意综"，作为许多精神病例的病根。但是这种原始欲望也可采取化装的形式，例如神话、梦、幻想和文艺作品往往就是原始欲望的化装表现。弗洛伊特从这种观点出发，对西方神话、史诗、悲剧乃至近代一些伟大艺术家的作品进行心理分析来证明文艺是"原始欲望的升华"。这一说貌似离奇，但其中是否包含有合理因素，是个尚待研究的问题。他的观点在现代西方还有很大的影响。

此外，解释悲剧喜感的学说在西方还很多，例如柏拉图的幸灾乐祸说，黑格尔的悲剧冲突与永恒正义胜利说，叔本华的悲剧写人世空幻、教人退让说，尼采的悲剧为酒神精神和日神精神的结合说。这些诸位暂且不必管，留待将来参考。

关于喜剧，亚里士多德在《诗学》里只留下几句简短而颇深刻的话：

喜剧所模仿的是比一般人较差的人物。"较差"并不是通常所说的"坏"（或"恶"），而是丑的一种形式。可笑的对象对旁人无害，是一种不致引起痛感的丑陋或乖讹。例如喜剧的面具既怪且丑，但不致引起痛感。

这里把"丑"或"可笑性"作为一种审美范畴提出，其要义就是"谑而不虐"。不过这只是现象，没有说明"丑陋或乖讹"何以令人发笑，感到可喜。近代英国经验派哲学家霍布士提出"突然荣耀感"说作为一种解释。霍布士是主张性恶论的，他认为"笑的情感只是在见到穷人的弱点或自己过去的弱点时突然想起自己的优点所引起的'突然荣耀感'"，觉得自己比别人强，现在比过去强。他强调"突然"，因为"可笑的东西必定是新奇的，不期然而然的"。

此外关于笑与喜剧的学说还很多，在现代较著名的有法国哲学家伯格苏的《笑》（*LeRire*）。他认为笑与喜剧都起于"生命的机械化"。世界在不停地变化，有生命的东西应经常保持紧张而有弹性，经常能随机应变。可笑的人物虽有生命而僵化和刻板公式化，"以不变应万变"，就难免要出洋相。柏格苏举了很多例子。例如一个人走路倦了，坐在地上休息，没有什么可笑，但是闭着眼睛往前冲，遇到障碍物不知回避，一碰上就跌倒在地上，这就不免可笑。有一个退伍的老兵改充堂倌，旁人戏向他喊："立正！"他就慌忙垂下两手，把捧的杯盘全都落地打碎，这就引起旁人大笑。依柏格苏看，笑是一种惩罚，也是一种警告，使可笑的人觉到自己笨拙，加以改正。笑既有这样实用目的，所以它引起的美感不是纯粹的。"但笑也有几分美感，因为社会和个人在超脱生活急需时把自己当作艺术品看待，才有喜剧。"

现代值得注意的还有已提到的弗洛伊特的"巧智与隐意识"，不过不是三言两语可以介绍清楚的。他的英国门徒谷列格（Greig）在1923年编过一部笑与喜剧这个专题的书目就有三百几十种之多。诸位将来如果对这个专题想深入研究，可以参考。

我提出悲剧和喜剧这两个范畴作为最后一封信来谈，因为戏剧是文艺发展的高峰，是人民大众所喜闻乐见的综合性艺术。从电影剧、电视剧乃至一般曲艺的现状来看，可以预料到愈到工业化的高度发展的时代，戏剧就愈有广阔而光明的未来。社会主义时代是否还应该有悲剧和喜剧呢？在苏联，这个问

214

题早已提出，可参看卢那察尔斯基的《论文学》（注：可参看蒋路的译文，人民文学出版社1978年版）中"社会主义现实主义"章。近来我国文艺界也在热烈讨论这个问题。这是可喜的现象。我读过有关这些讨论的文章或报告，感到有时还有在概念上兜圈子的毛病，例如恩格斯在复拉萨尔的信里是否替悲剧下过定义，我们所需要的是否还是过去的那种悲剧和喜剧之类。有人还专从阶级斗争观点来考虑这类问题，有时也不免把问题弄得太简单化了。我们还应该多考虑一些具体的戏剧名著和戏剧在历史上的演变。

从西方戏剧发展史来看，我感到把悲剧和喜剧截然分开在今天已不妥当。希腊罗马时代固然把悲剧和喜剧的界限划得很严，其中原因之一确实是阶级的划分。上层领导人物才做悲剧主角，而中下层人物大半只能侧身于喜剧。到了文艺复兴时代资产阶级（所谓"中层阶级"）已日渐登上政治舞台，也就要求登上文艺舞台了，民众的力量日益增强了，于是悲剧和喜剧的严格划分就站不住了。英国的莎士比亚和意大利的瓜里尼（G.Guarini）不约而同地创造出悲喜混杂剧来。瓜里尼还写过一篇《悲喜混杂剧体诗的纲领》，把悲喜混杂剧比作"寡头政体和民主政体相结合的共和政体"。这就反映出当时意大利城邦一般人民要和封建贵族分享政权的要求。莎士比亚的悲喜混杂剧大半在主情节（main plot）之中穿插一个副情节（subplot），上层人物占主情节，中下层人物则侧居副情节。如果主角是君主，他身旁一般还有一两个喜剧性的小丑，正如塞万提斯的传奇中堂吉诃德之旁还有个桑柯·邦查。这部传奇最足以说明悲剧与喜剧不可分。堂吉诃德本人既是一个喜剧人物，又是一个十分可悲的人物。到了启蒙运动时在狄德罗和莱辛的影响之下，市民剧起来了，从此就很少有人写古典型的悲剧了。狄德罗主张用"严肃剧"来代替悲剧，只要题材重要就行，常用的主角不是达官贵人而是一般市民，有时所谓重要题材也不过是家庭纠纷。愈到近代，科学和理智日渐占上风，戏剧已不再纠缠在人的命运或诗的正义这些方面的矛盾，而要解决现实世界所面临的一些问题，于是易卜生和萧伯纳式的"问题剧"就应运而起。近代文艺思想日益侧重现实主义，现实世界的矛盾本来很复杂，纵横交错，很难严格区分为悲喜两个类型。就主观方面来说，有人偏重情感，有人偏重理智，对戏剧的反应也有大差别。我想起法国人有一句名言："世界对爱动情感的人是个悲剧，对爱思考的人是个喜剧。"上文我已提到堂吉诃德，可以被人看成喜剧的，也可以被人看作悲剧的。电影巨匠卓别林也许是另一个实例。他是世所公认的大喜剧家，他的影片却每每使我起悲剧感，他引起的笑是"带泪的笑"。看《城市之光》时，我暗中佩服他是现代一位最大的悲剧家。他的作品使我想起对丑恶事物的笑或许是一种本能性的安全瓣，我对丑恶事物的笑，说明我可以不被邪恶势力压倒，我比它更强有力，可以和它开玩笑。卓别林的笑仿佛有这么一点意味。

因此，我觉得现在大可不必从概念上来计较悲剧的定义和区别。我们当然不可能"复兴"西方古典型的单纯的悲剧和喜剧。正在写这封信时，我看到最近上演的一部比较成功的话剧《未来在召唤》，在感到满意之余，我就自问：这部剧本究竟是悲剧还是喜剧？它的圆满结局不能使它列入悲剧范畴，它处理现实矛盾的严肃态度又不能使它列入喜剧。我从此想到狄德罗所说的"严肃剧"或许是我们的戏剧今后所走的道路。我也回顾了一下我们自己的戏剧发展史，凭非常浅薄的认识，我感到我们中国民族的喜剧感向来很强，而悲剧感却比较薄弱。其原因之一是我们的"诗的正义感"很强，爱好大团圆的结局，很怕看到亚里士多德所说的"像我们自己一样的好人因小过错而遭受大的灾祸"。不过这类不符合"诗的正义"（即"善有善报，恶有恶报"）的遭遇在现实世界中却是经常发生的。"诗的正义感"本来是个善良的愿望，我们儒家的中庸之道和《太上感应篇》的影响也起了不小的作用。悲剧感薄弱毕竟是个弱点，看将来历史的演变能否克服这个弱点吧。

现在回到大家在热烈讨论的"社会主义时代还要不要悲剧和喜剧"这个问题，这只能有一个实际意义：社会主义社会里是否还有悲剧性和喜剧性的人和事。过去十几年林彪和"四人帮"的血腥的法西斯统治已对这个问题作出了明确的答复：当然还有！在理论上辩证唯物主义和历史唯物主义也早就对这个问题做了根本性的答复。历史是在矛盾对立斗争中发展的，只要世界还在前进，只要它还没有死，它就必然要动，动就有矛盾对立斗争的人和事，即有需要由戏剧来反映的现实材料和动作情节。这些动作情节还会是悲喜交错的，因为悲喜交错正是世界矛盾对立斗争在文艺领域的反映，不但在戏剧里是如此，在一切其他艺术里也是如此；不但在社会主义时代如此，在未来的共产主义时代也还是如此。祝这条历史长河永流不息！

还须弦外有余音

《谈美书简》结束语："还须弦外有余音"

我就深信文艺起源于劳动，

放弃了文艺起源于游戏的说法。

限于篇幅、时间和个人的精力，这些谈美的信只得暂告结束了。回顾写过的十二封信，感到有些欠缺应向读者道歉。

首先，有些看过信稿的朋友告诉我，"看过你在解放前写的那部《谈美》，拿这部新作和它比起来，我们感觉到你现在缺乏过去的那种亲切感和深入浅出的文笔了；偶尔不免有'高头讲章'的气味，不大好懂，有时甚至老气横秋，发点脾气。"我承认确实有这些毛病，并且要向肯向我说直话的朋友们表示感激。既然在和诸位谈心，我也不妨直说一下我的苦衷。旧的《谈美》是在半个世纪以前我自己还是一个青年的大学生时代写的。那时我和青年们接触较多，是他们的知心人，我自己的思想情感也比现在活跃些，而现在我已是一个进入八十三岁的昏聩老翁了，这几十年来一直在任教和写"高头讲章"，脑筋惯在抽象理论上兜圈子，我对"四人帮"的迫害远不是"心有余悸"而是"心有余恨"，对文风的丑恶现象经常发点脾气，这确实是缺乏涵养。我不能以一个龙钟老汉冒充青年人来说话，把话说得痛快淋漓，我只好认输，对青年人还有一大段光明前程只有深为羡慕而已。

"高头讲章"的气味我也不太欣赏,所以动笔行文时也力求避免写成教科书。写出来的也绝够不上教科书的水平。好在《美学概论》和《文学概论》之类著作现在也日渐多起来了,我何必去滥竽充数呢?我之终于答应写《谈美书简》,一则是要报答来信来访和来约者的盛意,二则是从解放以来我一直在抓紧时间学习马列主义经典著作,对过去自己的言论中错误和不妥处也日渐有所认识,理应趁这段行将就木的余年向读者做个检查或"交代"。

其次,朋友们来信经常问到学美学应该读些什么书。他们深以得不到想读的书为苦,往往要求我替他们买书和供给资料。他们不知道我自己在60年代以后也一直在闭关自守,坐井观天,对国际学术动态完全脱节,所以对这类来信往往不敢答复。老一点的资料我在《西方美学史》下卷附录里已开过一个"简要书目",其中大多数在国内还是不易找到的。好在现在书禁已开,新出版的书刊已日渐多起来了,真正想读书的当不再愁没有书读了。人愈老愈感到时间可贵,所以对问到学外语和美学的朋友们,我经常只进这样几句简短的忠告:不要再打游击战,像猴子册包谷,随册随丢,要集中精力打歼灭战,要敢于攻坚。不过歼灭战或攻坚战还是要一仗接着一仗打,不要囫囵吞枣。学美学的人入手要做的第一件大事还是学好马列主义。不要贪多,先把《马克思恩格斯选集》通读一遍,尽量把它懂透,真正懂透是终生的事,但是先要养成要求懂透的习惯。如果还没有掌握一种外语到能自由阅读的程度,就要抓紧补课,因为在今天学任何科学都要先掌握国际最新资料,闭关自守绝没有出路。要随时注意国内文艺动态,拿出自己的看法;如果有余力,最好学习一门性之所近的艺术:文学、绘画或音乐,避免将来当空头美学家或不懂文艺的文艺理论家。

最后,我写这十几封信只是以谈心的方式来谈常盘踞在我心里的一些问题，不是写美学课本，所以一般美学课本里必谈的还有很多问题我都没有详谈，例如内容和形式，创作、欣赏与批评，批判和继承，民族性和人民性，艺术家的修养之类问题。对这类问题我没有什么值得说的新见解，我就不必说了。不过我心里也还有几个大家不常说或则认为不必说而我却认为还值得说的问题，因为还没有考虑成熟，也不能在此多谈。

一个问题是我在《西方美学史》上卷"序论"所提的意识形态属于上层建筑而不等于上层建筑的问题。我认为上层建筑中主要因素是政权机构，其次才是意识形态。这两项不能等同起来，因为政权机构是社会存在，而意识形态只是反映社会存在的社会意识。二者之间不能画等号，有马克思主义创始人的许多话可以为证。我当时提出这个问题，还有一个要把政治和学术区别开来的动机。我把这个动机点明，大家就会认识到这个问题的重要性。这是值得进一步讨论的，而且不是某个人或某部分人所能解决的，还须根据双百方针以民主主试进行深入讨论才行。现在这项讨论已开始展开了。我现在还须倾听较多的意见，到适当的时候再做一次总的答复，并参照提出的意见，进行一次自我检查。如果发现自己错了，我就坚决地改正，如果没有被说服，我就仍然坚持下去，不过这是后话了。

另一个大家不常谈而我认为还必须认真详谈的就是必然和偶然在文学中辩证统一的问题。我是怎样想起这个问题的呢？巴尔扎克在《人间喜剧》的"序言"里说过："机缘是世界上最伟大的小说家；要想达到丰富，足消去研究机缘。""机缘"是我用来试译原文hasard一个词，它本有"偶然碰巧"的意思，读到这句话时，我觉得很有意思，但其中的道理我当时并没有懂透。后来我读到恩格斯在1890年9月初给约·布洛赫的信中有这样一段话：

  ……这里表现出这一切因素的交互作用，而在这种交互作用中归根到底是经济运动作为必然因素，通过无穷无尽的偶然事件（即这样一些事物，其中内部联系很疏远或很难确定，使我们把它们忽略掉甚至认为它们并不存在）而向前发展……（注：《马克思恩格斯选集》第4卷，第477页，译文略有改动。）

这就是说，必然要通过偶然而起作用。我就把这种偶然事件和巴尔扎克的"机缘"联系起来。我又联想到马克思关于拿破仑说过类似的话，以及普列汉诺夫在谈个人在历史中的作用时引用过法国巴斯卡尔的一句俏皮话："如果埃及皇后克里奥佩特拉（Cleopatra）的鼻子生得低一点，世界史也许会改观。"这些关于"偶然"的名言在我脑里就偶然成了一个火种在开始燃烧。等到今夏我看日本影片《生死恋》时，看到女主角夏子因试验爆炸失火而焚身，就把一部本来也许可写成喜剧的戏变成一部令人痛心的悲剧，我脑子里那点火种便迸发成四面飞溅的火花。我联想到美学上许多问题，联想到许多文艺杰作特别是戏剧杰作里都有些"偶然"或"机缘"在起作用，突出的例子在希腊有俄狄浦斯弑父娶母的三部曲，在英国有莎士比亚的《罗密欧与朱丽叶》，在德国有席勒的《威廉·退尔》，在中国有《西厢记》和《牡丹亭》。中国小说向来叫作"志怪"或"传奇"，奇怪也者，偶然机缘也，不期然而然也，试想一想中国过去许多神怪故事，从《封神榜》《西游记》《聊斋》《今古奇观》到近来的复映影片《大闹天宫》，如果没有那么多的偶然机缘，绝不会那么引人入胜。它们之所以能引人入胜，就因为能引起惊奇感，而惊奇感正是美感中的一个重要因素。我因此想到正是偶然机缘创造出各民族的原始神话，而神话正是文艺的土壤。恩格斯解释《偶然事件》时说它们有"内部联系"，不过人对这种联系还没有认识清楚，也就是说还处于无知状态。人不能安于无知，于是幻想出这种偶然事件的创造者都是伸。古希腊人认为决定悲剧结局的是

"命运",而命运又有"盲目的必然"的称号,意思也就是"未知的必然"。中国也有一句老话:"城隍庙里的算盘——不由人算",这也是把未知的必然(即偶然)归之于天或神。这一方面暴露人的弱点,另一方面也显出人凭幻想去战胜自然的强大生命力。现实和文艺都不是一潭死水,纹风不动,一个必然扣着另一个必然,形成铁板一块,死气沉沉的。古人形容好的文艺作品时经常说,"波澜壮阔"或则说"风行水上,自然成纹",因此就表现出充沛的生命力和高度的自由,表现出巧妙。"巧"也就是偶然机缘,中国还有一句老话:"无巧不成书",也就是说,没有偶然机缘就创造不出好作品。好作品之中常有所谓"神来之笔"。过去人们迷信"灵感",以为好作品都要凭神力,其实近代心理学已告诉我们,所谓"灵感"不过是作者在下意识中长久酝酿而突然爆发到意识里,这种突然爆发却有赖于事出有因而人尚不知其因的偶然机缘。法国大音乐家伯辽兹曾替一首诗作乐谱,全诗都谱成了,只剩收尾"可怜的兵士,我终于要再见法兰西"一句,就找不到适合的乐调。搁下两年之后,他在罗马失足落水,爬起来时口里所唱的乐调正是两年前苦心搜寻而没有获得的。他的落水便是一种偶然机缘。杜甫有两句诗总结了他自己的创作经验:"读书破万卷,下笔如有神。""神"就是所谓"灵感",像是"偶然",其实来自"读书破万卷"的辛勤劳动。这就破除了对灵感的迷信。我国还有一句老话:"熟中生巧",灵感也不过是熟中生巧,还是长期锻炼的结果。"能令百炼钢,化为绕指柔",力使人感到巧,力产生美感。这种美感从跳水、双杠表演、拳术、自由体操的"绝技"和"花招"中最容易见出。京剧"三岔口"之所以受到欢迎,也许多是应付偶然的花招所引起的惊奇感。

我抱着"偶然机缘"这个问题左思右想,愈想下去就愈觉得它所涉及的范围甚广。前信所谈到的喜剧中"乖讹"便涉及"偶然机缘",我国最有科学条理的文论家刘勰在《文心雕龙》里特辟"谐隐"一章来讨论说笑话和猜谜语，也足见他重视一般人所鄙视的文字游戏。文字游戏不应鄙视，因为它受到广大人民的热烈欢迎，它是一般民歌的基本要素，也是文人诗词的一个重要组成部分。民歌最富于"谐趣"（就是所谓"幽默感"）。真正的"谐"大半是"不虐之谑"，谐的对象总有某种令人鄙视而不致遭人痛恨的丑陋和乖讹。例如一首流行的民歌：

一个和尚挑水喝，两个和尚抬水喝，三个和尚没水喝。

出乎情理之常的是"三个和尚没水喝"，非必然而竟然，所以成为笑柄，也多少是一个警告。"隐"就是"谜"，往往和"谐"联系在一起，例如四川人嘲笑麻子：

哈？豆巴，满面花，雨打浮沙，蜜蜂错认家，荔枝核桃苦瓜，满天星斗打落花。

这就是谐、隐和文字游戏的结合。讥刺容貌丑陋为谐，以谜语出之为隐，取七层宝塔的形式，一层高一层，见出巧妙的配搭为文字游戏。谐最忌直率，直率不但失去谐趣，而且容易触讳招尤，所以出之以"隐"，饰之以文字游戏。就可以冲淡讥刺的一点恶意，而且嵌合巧妙，令人惊喜，产生谐所特有的一种快感。这种快感就是美感。可笑的事物好比现实世界的一池死水偶然皱起微波，打破了沉闷；但它毕竟有些丑陋乖讹，也不免引起轻微的惋惜的不快感，从此也可见美感的复杂性，不易纳到一个公式概念里去。

谐是雅俗共赏的，所以它最富于社会性，托尔斯泰在《艺术论》里特别强调文艺的传染情感的功用，而所传染的情感之中他也指出笑谑，认为它也能密切人与人的关系。刘勰解释谐时说"谐之言皆也，辞浅会俗，皆悦笑也"，这也足说明谐的社会功用。要印证这个道理，最好多听相声。相声是谐的典型，也是雅俗共赏的一种曲艺。因此，在粉碎"四人帮"之后我国文艺重新繁荣的景象首先见之于相声，继侯宝林和郭全宝之后出现了一大批卓越的相声演员。连像我这个专搞理论、一本正经的老学究对一般带理论气味的一本正经的话剧和电影剧并不太爱看，但每遇到相声专场，我只要抽出闲空就必看，看了总感到精神上舒畅了一下，思想也多少得到了解放，也就是说，从一些偶然机缘中认识到一些人情世态乃至一些关于美和美感的道理。

我从这种文字游戏想到文艺与游戏的关系。过去我是席勒、斯宾塞和格罗斯的信徒，认为文艺起源于游戏说是天经地义。从解放后学习马克思主义以来，我就深信文艺起源于劳动，放弃了文艺起源于游戏的说法。近来我重新研究谐隐与文字游戏，旧思想又有些"回潮"，觉得游戏说还不可一笔抹杀。想来想去，我认为把文艺看作一种生产劳动是马克思主义者所必坚持的不可逆转的定论，但在文艺这种生产劳动中游戏也确实是一个极其重要的因素。理由之一就是，马克思和恩格斯都指出的必然要透过偶然而起作用，而偶然机缘在文艺中突出地表现于游戏，特别是在于所谓"戏剧性的暗讽"。理由之二是劳动与游戏的对立是资本主义社会中劳动异化的结果，到了消除了劳动异化，进入了共产主义时代，一切人的本质活动都会变成自由的、无拘无碍的，劳动与游戏的对立就不复存在。

我对这个问题还没有考虑成熟，不过我感觉到与游戏密切相关的偶然机缘在文艺中的作用这个问题还大有文章可做，而且也很有现实意义。我准备继续研究下去，并且希望爱好文艺和美学的朋友们都来研究一下这个问题，各抒己见，引起讨论，或可以解放一下思想。

我很喜爱漫画师丰子恺老友的两句诗："尝喜小中能见大，还须弦外有余音。"现在就留下偶然机缘这个问题请诸位研究，就算是我的弦外余音，留有余不尽之意吧。再见，祝诸位奋勇前进！

编后记

本书完成，正值熏风四月的春季。朱光潜先生的书，现在市面上已经很多了，何以再次整理出版呢？一是朱光潜先生的作品，长盛不衰，值得更多的读者去阅读，而书犹如产品，需得不断地更新换代，以期符合读者不断变化的审美；二是现在市面上关于朱光潜先生的书，无不给人晦涩难读的印象，本次重新整理出版，特意选择朱光潜先生比较贴近生活，贴近读者的文章，使读者知道朱光潜先生的文字不但不晦涩难读，反而有趣有味。

本书从朱光潜先生众多的文章中精选出34篇文章，专门来谈生活之美。文章分别从《谈美》《谈美书简》《给青年的十二封信》等书中选出，其中《谈美》以1932年开明书店版为底本，《谈美书简》《给青年的十二封信》则按照了市面通行的多个优秀版本加以修订。

本书为了保持作品原貌，也为了方便读者阅读，在不影响读者阅读的前提下悉依其旧，在变化较多，已经不适合当代读者阅读的一些字词、标点、英文首字母大小写，外国地方和人物译名等方面加以修正。比如原文中的"亚里斯多德"改为"亚里士多德"，原文中"做""作"通用的地方也加以了修改。且对文章标题重新进行了提炼，将新标题与原标题皆呈现给读者……

朱光潜先生为人天真可爱，为文精深渊博，他不但在美学上做出了重大贡献，就是在生活上，他也是一位成功的生活家。而亲爱的读者，何不去朱光潜先生的文章里寻觅一番呢？

图书在版编目（CIP）数据

你要做的，只不过是发现生活之美 / 朱光潜著 . -- 北京 ：北京时代华文书局，2017.3

ISBN 978-7-5699-1442-9

Ⅰ . ①你… Ⅱ . ①朱… Ⅲ . ①散文集－中国－当代

Ⅳ . ① I267

中国版本图书馆 CIP 数据核字（2017）第 040784 号

你 要 做 的 ， 只 不 过 是 发 现 生 活 之 美

NIYAO ZUODE, ZHIBU GUOSHI FAXIAN SHENGHUO ZHIMEI

著　　者 | 朱光潜

出 版 人 | 王训海

选题策划 | 陈丽杰

责任编辑 | 陈丽杰　骆礼波

封面设计 | 熊琼 | 云中 YUNyard Workshop

版式设计 | 段文辉

责任印制 | 刘　银　訾　敬

出版发行 | 北京时代华文书局 http://www.bjsdsj.com.cn

　　　　　北京市东城区安定门外大街 136 号皇城国际大厦 A 座 8 楼

　　　　　邮编：100011　电话：010 - 64267955　64267677

印　　刷 | 北京京都六环印刷厂　电话：010-89591957

　　　　　（如发现印装质量问题，请与印刷厂联系调换）

开　　本 | 787mm×1092mm　1/16　印　张 | 15　字　数 | 183 千字

版　　次 | 2017 年 6 月第 1 版　印　次　2017 年 6 月第 1 次印刷

书　　号 | ISBN 978-7-5699-1442-9

定　　价 | 45.00 元

你要做的，
只不过是发现生活之美